作文素養就是這樣養成的

從寫不出一句的困難戶 ⇨ 到信手拈來的作文高手

聚瀚國文團隊 著

五南圖書出版公司 印行

自序

　　這幾年來作文越來越受到家長們的重視。除了大考的變革不但讓作文的比重上升，現在的作文考題也比以往變得更加靈活多元。108學年度國中會考作文考了學生對「青銀共居」的看法；112學年度國中會考作文以「臺灣民眾最喜愛的影劇類型統計」測驗學生對圖表的判讀能力。在升大學的考試上，作文更是分成了「情意」和「知性」兩個部分出題，分別考學生「抒發自身的體悟感受」和「歸納統整資訊並作出省思或推論」兩種能力。113學年度學科能力測驗的作文題中，知性題的部分考了學生對「貼標籤」的看法；情意題考了「縫隙的聯想」探討人生是否也需要縫隙。

　　寫作能力的培養並非一朝一夕，需要長時間的閱讀與投入才能開花結果。

　　聚瀚國文團隊的老師們長期在各地的補習班投入作文教育。作為第一線的教育工作者，我們持續的關注教育政策的脈動和大考作文的考試趨勢。目前的課綱強調建構學生「核心素養」的能力，而核心素養的其中一個面向就是希望學生能夠具備跨領域的互動與整合能力。因此，在寫作測驗上的出題和拿分重點也和以往有很大的不同。

　　過去的作文教學上，常常會透過背誦大量的名言佳句放入文章裡面來獲取高分，然而這樣寫作方法在今天的大考作文之中已經無法再起到同樣的效果，現在大考作文測驗的重點會更著重於學生的思考、論述和表達能力。

　　承蒙五南出版社黃副總編與王副理盛情相邀，我們有機會能夠將我們累積在作文課堂的經驗轉化成《作文素養就是這樣養成的》這本書。我們希望跳脫傳統作文教學的框架，從貼近生活的題材以及近年備受討論的議題設計成每個單元的主題。甚至我們也認為寫

自序

作不該只是制式作文紙上面的內容，寫作也可以是報導撰文；可以是劇本創作、議題思辨，寫作在生活中的應用默默的存在於許多地方。

在過往的教學經驗中，我們常常發現有很多孩子連要寫出一句完整的句子就備感艱辛，更何況要寫出一篇完整的文章。能夠將一篇文章寫好的基礎，來自於從簡短句子開始鍛鍊。當能夠順暢的使用句子表達好心中想要說的話之後，才能夠進步進一步學習文章架構的布局。因此，我們在書中的每個單元設計了許多對話窗格讓孩子們可以先進行小段落，甚至是一兩個句子長度的書寫。到了單元的最後我們會進行長文的寫作，我們提供了段落設計和引導，提供孩子們寫作方向的參考。

期望本書能夠為更多的孩子們，或是煩惱該怎麼帶領孩子寫作的爸媽們一些方向與幫助。

聚瀚國文團隊

目錄

自序 (3)

主題一　說出心中的感受
友情萬歲　3
和家人對話　23
古文時光機　37

主題二　小小推理家
需要與想要　55
如果我是老師，我會禁止蘿蔔刀嗎？　79
寒暑假要不要「取消假期作業」呢？　95

主題三　生活也是一種寫作
新聞上寫的，一定是真的嗎？　113
跟著漫畫「趣」旅行　131
小小運動評論家　153

主題四　新議題
AI 潮流　173
低碳時代　189
換我來寫劇　209

主題一
說出心中的感受

友情萬歲

課綱指標

國-E-A1 ➡ 認識國語文的重要性，培養國語文的興趣，能運用國語文認識自我、表現自我，奠定終身學習的基礎。

國-E-A2 ➡ 透過國語文學習，掌握文本要旨、發展學習及解決問題策略、初探邏輯思維，並透過體驗與實踐，處理日常生活問題。

國-E-B1 ➡ 理解與運用國語文在日常生活中學習體察他人的感受，並給予適當的回應，以達成溝通及互動的目標。

國-E-C2 ➡ 與他人互動時，能適切運用語文能力表達個人想法，理解與包容不同意見，樂於參與學校及社區活動，體會團隊合作的重要性。

　　以上是四名好友的對話，請問他們敘述自己身上發生的事情都表達了什麼？

A：

參考解答：都表達出自己的情緒

　　沒錯，所有的敘述都表達了自己對事物的感受以及抒發了自己的「情感」，自古以來文人墨客們創作時，總是或多或少會加入自己的情緒抒發。當作者抒發主觀感受和思想感情的文章，即是所謂的「抒情文」。

　　古人<u>劉勰</u>曾說：「情者文之經，辭者理之緯。」情理是文章的經線，文辭是情理的緯線；當經線端正了，緯線才織得上去，情理確定了，文辭才會暢達，這是寫作的根本，因此寫作的基本要素之一就是要能清楚的抒發自己的感受、情緒。

造句練習

想寫出扣人心弦的文章就必須能有表達情緒的能力，一起來練習使用下列各種情緒，模擬情境造出一個完整的句子吧！

基礎題

1. 興奮：

2. 心碎：

---

[1] 文人墨客：風雅的讀書人，例如詩人、作家。

3. 驚訝：

4. 忌妒：

5. 得意：

進階題（請搭配修辭來描述自己的情緒。）
1. 快樂（譬喻）：

2. 驚嚇（誇飾）：

　　除了情緒的抒發之外，情感表現也是抒情的一大要素，人類是地球上最具情感的動物。人類的認知、行為各方面幾乎都會受到情感的影響，而人類情感關係可簡單分為三大部分：

1. 親情：因為有血緣關係的支持，彼此深厚的感情是與生俱來的。
2. 愛情：受體內賀爾蒙影響，彼此互相吸引，由激情、親密、承諾三要素組織構成較深的情感投入。
3. 友情：相對而言是最輕鬆的情感關係，建立在共同興趣、互相尊重和信任的基礎上，但也因此缺少強烈的連結，容易建立也容易破滅。正因如此，真摯的友情才更令人覺得難能可貴。

參考解答
造句基礎題
1. 聽到喜歡的韓國偶像即將來臺舉辦演唱會，曉華興奮地睡不著覺。
2. 得知自己被至親好友背叛後，心碎的阿東從此對外人不再信任。
3. 看著自己的名字出現在校排前十的榜單上，瑞瑞驚訝地合不攏嘴。

4. 從小生長在貧困家庭的小宇，對於同學擁有富足的物質生活感到忌妒。
5. 考上世界名校的阿修，得意地在社群軟體上向大家分享喜悅。

造句進階題

1. 過年時看見成群的子孫回來團圓，奶奶快樂得像個小孩，穿梭在整間屋子來來回回招待大家。
2. 抬頭忽然看見一隻蟑螂迎面飛來，阿健被嚇到三魂七魄都飛走了，久久無法回神。

情感大三角

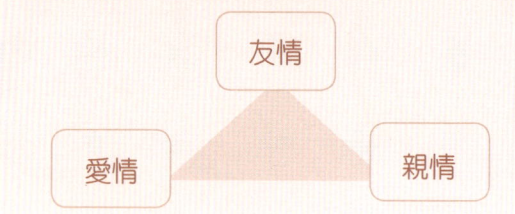

　　交朋友就像將自己丟入一個大染缸，裡面的顏料是什麼顏色，你就會被染成什麼顏色，因此交友的環境非常重要。至聖先師孔子曾說：「益者三友：友直、友諒、友多聞。」意思是結交朋友時要選擇對自己有正面影響的人。正直的朋友能夠帶給你正確的價值觀及處事態度；誠信是與人相處必要的條件，真誠地付出才能得到信任，彼此互信，友誼才能長存；最後博學多聞的朋友就像一本百科全書，能分享更多不同的知識給你，與他相處隨時隨地都在學習新知。

　　正所謂「蓬生麻中不扶自直」，蓬草的生長特性較不規律，若沒有限制便會胡亂生長，然而黃麻為直立式生長，因此當雜亂的蓬草生長在直挺挺的黃麻中，自然而然會受限制而長成直挺的模樣。由此可

知環境對一個人的影響以及重要性,而這個環境便是你的交友圈,如何選擇朋友更是人生的一大學問。

在漫長的一生裡,每個人生階段,我們都會交到不同的朋友。有的只是點頭之交,偶爾打招呼,交情平淡且有種疏離感;有的會與你相伴而行,在路程中留下許多美麗難忘的回憶;有的擁有共同的喜好、興趣;有的甚且可以憂戚與共,同舟共濟,不僅相知於心,更是在任何情況都能不離不棄。

在古代便有許多令人稱頌的友誼,其中最令人難忘的便是「伯牙絕琴的知音之嘆」,以下我們就來讀讀這則感人肺腑、動人心弦的故事:

> 春秋時期楚國人俞伯牙非常擅長彈琴,每回彈琴時,好友鍾子期都能聽出他的弦外之音,知道他心裡想要表達的意思。有一次當伯牙在彈琴時,想要展現高山的壯闊,鍾子期聽完後撫掌稱讚道:「彈得真好!琴音美妙就好像泰山般高聳。」
>
> 又有一次伯牙彈琴時想表達盛大的流水,鍾子期聽完又再一次說:「嗯!這琴聲有如江河般的壯闊,令人久久無法自拔。」每次不論彈什麼,鍾子期都能聽出伯牙藉由琴聲表達的內心意念,伯牙對此十分感動。鍾子期逝世後,伯牙悲痛萬分,並將心愛的琴摔壞,決定終生不再彈琴,因為他認為此生再也沒有人能這樣懂得他的音樂了。這段美妙的友情故事流傳甚廣,因此「知音」一詞就用來比喻知心的朋友。

除此之外古人的詩作中也有許多對於友情的抒情詩,像是鼎鼎大名的詩仙李白就寫過不少友情詩:

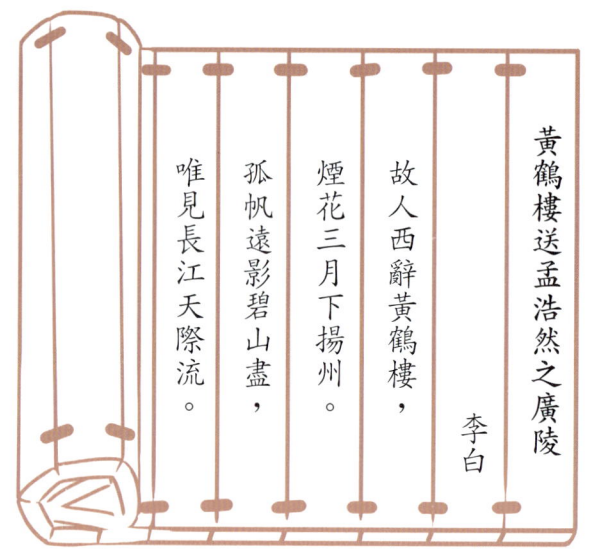

黃鶴樓送孟浩然之廣陵　李白

故人西辭黃鶴樓,
煙花三月下揚州。
孤帆遠影碧山盡,
唯見長江天際流。

白話譯文

老朋友向西辭別了黃鶴樓,在三月春天百花如煙霧般盛開,順著水流往東邊的揚州下行。我站在黃鶴樓遠遠地眺望那艘孤船的帆影漸行漸遠,最後隱沒在青山之間,眼中所見,只剩下長江的水滔滔不盡地向天邊流去……。

詩中對朋友遠行流露出濃濃的不捨,藉著三月百花盛開的繁盛景象對比出朋友遠行的孤單以及自己獨自站在黃鶴樓的孤寂,更在詩的結尾以長江河水滔滔不盡地流來象徵離別的憂愁也如長江水般無止

盡，更是呼應詩人自己對友人真摯的情感也像長江之水，浩浩蕩蕩，沒有止盡。

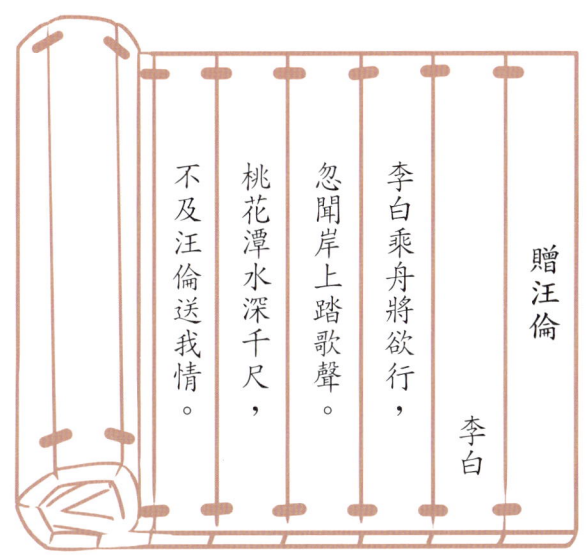

贈汪倫

李白

李白乘舟將欲行，
忽聞岸上踏歌聲。
桃花潭水深千尺，
不及汪倫送我情。

> 白話譯文
>
> 　　李白坐在小船上正要遠行，忽然聽到岸邊傳來響亮的歌聲。原來是汪倫領著村民在為我送別而歡唱的歌聲。桃花潭水即便有千尺深，也比不上汪倫為我送別深情。

　　短短幾句話便刻畫出了李白感受到的真摯友情，詩中利用桃花潭水的深度來對比正襯出汪倫對李白的情誼。

友情佳句補給站

1. 希塞羅：「從人生中拿走友誼，猶如從生活中移走陽光。」
2. 莎士比亞：「有很多良友，勝於有很多財富。」
3. 華盛頓：「友情像一棵樹木，要慢慢的栽培，才能成長真的友誼，要經過困難考驗，才可友誼永固。」
4. 普希金：「不論是多情的詩句，漂亮的文章，還是閒暇的歡樂，什麼都不能代替親密的友情。」
5. 巴金：「友情在我的生活裡就像一盞明燈，照徹了我的靈魂，使我的生存有了一點點光彩。」
6. 王安石：「人生樂在相知心。」
7. 曹雪芹：「萬兩黃金容易得，知心一個也難求。」

課後學習：成語小教室

認識各種類型的朋友，請參考底下選項，填入正確答案。

總角	舊時未成年男女，髮型樣式像兩角，稱為「總角」。
泛泛	尋常的、浮淺的。
忘年	不分年歲、忘掉年齡。
布衣	粗布製作的衣服。
刎頸	用刀割脖子。
點頭	表示打招呼。
杵臼	杵與臼，都是指舂搗物品的器具。
八拜	不同姓氏的朋友感情很好因而結拜為兄弟姊妹。
手帕	指情誼深厚的女性朋友。
莫逆	彼此心意相契合。

1. _____之交：心意相投、至好無嫌的朋友。
2. _____之交、 青梅竹馬 ：從小便相契要好的朋友。
3. _____之交：比喻可同生共死的至交好友。
4. _____之交：貧賤時所交往的朋友。
5. _____之交：形容不計貧賤、身分而結交的好友。
6. _____之交：指關係很好的女子義結金蘭。
7. _____之交：稱結拜為異姓兄弟姐妹的朋友。
8. _____之交：不拘輩分、忘記年紀差距而結交為友。
9. _____之交：普通膚淺的交情。
10. _____之交：交情只止於相見時點頭招呼而已。

參考解答：1.莫逆　2.總角　3.刎頸　4.布衣　5.杵臼　6.手帕　7.八拜
　　　　　8.忘年　9.泛泛　10.點頭

我的摯友清單

你聽過吸引力法則嗎？藉由強烈的期望及信念將自己想要的人事物吸引到身邊。有些人將這項法則運用在愛情上，近年來網路上出現許多人分享自己列出的「月老清單」即為事先將自己理想的配偶條件列出，再一一向月老祈願，透過信念將對的人吸引到自己身邊。相同的，我們也可以將此方法運用到友情上，運用吸引力法則，將願望傳達給宇宙，讓它把適合你的朋友帶到你的生命中。

以下請參考左列的「月老清單」，完成右列的「摯友清單」，列出你想結交為朋友的人格特質吧！

月老清單	摯友清單
1. 個性溫和善良，心態樂觀	1.
2. 專情於我，不拈花惹草	2.
3. 外表乾淨整潔，不邋遢	3.
4. 細心察覺我的感受並給予安全感	4.
5. 對我坦率誠實忠誠，不欺騙	5.
6. 生活單純，不去聲色場所	6.
7. 在乎健康，喜歡運動	7.

8. 喜愛小動物	8.
9. 身高182cm以上，身材緊實	9.
10. 富有幽默感，處事圓融	10.

心智圖

　　說到朋友你腦海中第一個出現的人是誰？對你來說什麼樣的行為才是真心好友的表現？是否有一起經歷過難忘的事情才使你們成為彼此的摯友？請從「朋友」的主題延伸，完成下列心智圖。

寫作練習

張潮《幽夢影》有言：「天下有一人知己，可以不恨。」我們的人生因為有了好友的相伴而更加多姿；有了好友的陪襯而更加多采。從小到大交流過的人不計其數，有些如流沙擦肩而過，有些卻在我們的人生留下無法抹滅的深刻印象。請以「友情萬歲」為題，藉由文字介紹你人生的摯友，以及彼此一起經歷的難忘回憶，並說明這段友誼帶給你什麼樣的成長。

【寫作提示】

一、審題（請將你認為的正確答案圈起來）

〈友情萬歲〉一文應寫出友情的〔正面影響 / 負面影響〕，文章中可以包含哪些內容？〔與朋友的回憶 / 與家人的回憶 / 朋友的壞習慣 / 朋友的缺點 / 朋友值得學習的優點 / 跟朋友一起做過的壞事 / 朋友給你的幫助〕

> 參考解答：正面影響、與朋友的回憶、朋友值得學習的優點、朋友給你的幫助

二、內容

第一段

1. 說明什麼是真正的朋友。（建議可多使用譬喻、排比修辭）
2. 列舉擁有知心的朋友的好處。

第二段

1. 介紹你的好朋友。（避免直接寫出友人的全名）
2. 說明你們認識的過程或是因為什麼原因成為好朋友。（例如：共同興趣）

第三段：文章重點段
1. 舉一事件說明你與好友之間的難忘回憶。（例如：共同解決困難的過程）
2. 說明你與好友相處的方式或過程。

第四段
1. 說明從上述事件中你從朋友身上學到什麼，或經過這次的經歷你有什麼感想。
2. 呼應首段，再次強調友情對你而言的意義。

範文：友情萬歲

　　人類為群居動物，鮮少有人能夠離群索居孤獨生活，俗話說：「在家靠父母，出外靠朋友。」當我們處於困境中時，朋友會幫助我們；當我們做錯事時，朋友會提醒我們；當我們沮喪、難過時，朋友會使我們振作。友誼是人生的調味品，能夠為我們的生活增添不同的滋味；友誼也是人生的止痛藥，再痛苦的心事只要有朋友的分憂解勞都能使我們破碎的心痊癒。若將友誼從人生中拿走，猶如從生活中移走陽光。

　　在我的生命當中也有一位如陽光般重要存在的摯友。我們的緣分起源於國小，剛轉學到新學校的我，對於要面對嶄新的陌生求學環境，感到焦慮不已。膽小害羞的我在開學的第一天獨自坐在教室角落，看著同學們三五成群聚在一起談天說地，歡樂的氣氛與我的孤寂形成了強烈的對比，正當我因這格格不入的感覺而不知所措時，一道爽朗的笑聲震入我

的耳朵，我好奇地抬頭，恰好與聲音的主人四目相對。在我慌張地移開視線時她主動走了過來並開始與我聊天，漸漸的在她的帶領下我成功地融入了新的班級。

　　她生性活潑大方，面對挑戰總是從容且自信的正面迎擊，對待朋友謙和有禮，從不會炫耀自己。雖然個性南轅北轍，但我們卻一拍即合，總是形影不離地一起行動。看著發光發熱的她，我的內心卻產生了矛盾的情緒，一方面非常欣賞她的外放自然，另一方面卻也越來越自卑，認為自己一事無成，畏懼別人的眼光。直到有一次舞蹈課時，好友再度被老師指名為全班同學展示舞姿，她踩著從容大方的步伐，毫不扭捏的態度，自信的笑容如同一道光，耀眼的令我睜不開眼。下課後我與她提及此事，怯生生地問到要如何成為像她一樣的人時，她卻告訴我：「不需要在意別人的眼光，相信自己是最棒的，勇敢地展現自己，在我眼中你也是一個很有魅力的人。」她的鼓勵如同一劑強心針注入我的內心，從此以後，每當我遇見挫折或是膽怯的事時，就會想起她那天的舞姿以及鼓勵的話語，並告訴自己一定做得到！在她的影響下，我也逐漸變得活潑大方，成為了自己嚮往的樣子。

　　孔夫子曾言：「三人行必有我師焉，擇其善者而從之，其不善者而改之。」清代曹雪芹也說過：「萬兩黃金容易得，知心一個也難求。」何其有幸我能在求學階段遇見一位良師益友，不僅知心且能夠讓我見賢思齊的對象，讓我也能夠成為陽光般的存在。

作文練習

作文素養就是這樣養成的

主題一／友情萬歲

和家人對話

課綱指標

國-J-A2 → 透過欣賞各類文本,培養思辨的能力,並能反思內容主題,應用於日常生活中,有效處理問題。

國-J-B3 → 具備欣賞文學與相關藝術的能力,並培養創作的興趣,透過對文本的反思與分享,印證生活經驗,提升審美判斷力。

國-J-C2 → 在國語文學習情境中,與他人合作學習,增進理解、溝通與包容的能力,在生活中建立友善的人際關係。

在我們的生命之中，和我們感情最深的莫過於家人了。

當年齡漸長，和家人勢必會有磨擦的出現，但無論如何，家永遠會是我們的避風港。正所謂：「樹欲靜而風不止，子欲養而親不待。」作家史鐵生年輕時殘廢了雙腿，自怨自艾的同時，對一直關愛他的母親投以「冷暴力」，這使得他在未來懊悔不已；有「中國新文學之父」之稱的魯迅，小時候對於自己的弟弟周作人，也曾有不諒解的時刻：

　　我是向來不愛放風箏的，不但不愛，並且嫌惡他，因為我以為這是沒出息孩子所做的玩藝。和我相反的是我的小兄弟，他那時大概十歲內外罷，多病，瘦得不堪，然而最喜歡風箏，自己買不起，我又不許放，他祇得張著小嘴，呆看著空中出神，有時竟至於小半日。遠處的蟹風箏突然落下來了，他驚呼；兩個瓦片風箏的纏繞解開了，他高興得跳躍。他的這些，在我看來都是笑柄，可鄙的。

　　有一天，我忽然想起，似乎多日不很看見他了，但記得曾見他在後園拾枯竹。我恍然大悟似的，便跑向少有人去的一間堆積雜物的小屋去，推開門，果然就在塵封的什物堆中發見了他。他向著大方凳，坐在小凳上；便很驚惶地站了起來，失了色瑟縮著。

魯迅〈風箏〉

就像是〈風箏〉中的兄弟爭吵，哥哥為了不讓弟弟玩，限制了他的自由。但我們可以從敘述中知道，弟弟是非常渴望放一場風箏的。可以思考一下，若是你，會怎麼樣寫接下來的故事呢？

路線一：或許哥哥最後原諒了弟弟，於是……

路線二：也許他們的爭吵變得更加劇烈，於是……

其他路線：

參考解答：
路線一：於是哥哥低下頭，向弟弟道了歉，最後在弟弟勸說下，他們一起放了風箏，沒想到竟讓哥哥消除偏見，從此愛上了風箏，兄弟也變得更和睦了。
路線二：於是弟弟離家出走，哥哥後悔不已。在四處尋找弟弟時，哥哥無意間發現弟弟在草坪上玩風箏，臉上露出了笑容，讓哥哥意識到原來弟弟要的只是簡單的快樂。

　　親人對於我們來說，是最重要的關係，但也因為如此，更有可能深深影響我們的情緒。當別人以彼此的關係，來迫使你做出不情願的事情時，我們會稱之為「情緒勒索」，例如王媽媽對小孩說：「你不考到第一名的話，就不是我們家的孩子！」、好朋友說：「你當我是朋友的話，就陪我一起蹺課。」、「沒關係啊，隨便你吧！」諸如此

類的話語，講出來時勢必會傷害到對方的心情，但對於關係越親密的人，往往會更在無意間做出情緒勒索。

人們會忽視情緒勒索所帶來的影響。很多研究指出，在一個充滿高壓的家庭中，會深深影響孩子的個性，甚至是在學校、班級、同儕之間。我們必須要去避免這些情緒勒索的出現，同時也要學會避免被情緒勒索！

小明與小美是一對男女朋友，他們在籌備著週末一日遊。但在規劃行程時，卻遇上了一些麻煩……

小明：「我們的午餐似乎還沒有決定，你想吃什麼呢？」
小美：「隨便啊，我都可以。」
小明：「你上一次說隨便，我選的地方你卻又不滿意！」
小美：「沒關係，你現在就要這樣跟我講話，那我們不要出去玩了。」
小明：「你又這樣，看來心裡已經沒有我了吧！」
小美：「你太過分了！我可是特地撥出時間出去玩的。」
小明：「我還不是一樣？我媽媽甚至因為我不陪她逛街，還說我沒把她放眼裡。我現在詢問你的意見，真是太浪費時間了！」

上面的對話，是否有似曾相似的感覺呢？任何人聽到都一定會感到不舒服的，請你試著把上面有「情緒勒索」的地方圈出來吧！

圈出1-2者：你很有忍受力。但也要注意到自己是不是會講出傷人的話。

圈出3-4者：你對情緒觀察很敏銳。要適當地保護自己與他人。

圈出5個以上者：你很明白情緒勒索。這就是言語的力量。

參考解答：

　　小明：「我們的午餐似乎還沒有決定，你想吃什麼呢？」

　　小美：「隨便啊，我都可以。」

→未正面回覆的敷衍回答

　　小明：「你上一次說隨便，我選的地方你卻又不滿意！」

　　小美：「沒關係，你現在就要這樣跟我講話，那我們不要出去玩了。」

→故意講反話引起對方不適

　　小明：「你又這樣，看來心裡已經沒有我了吧！」

→故意講反話引起對方不適

　　小美：「你太過分了！我可是特地撥出時間出去玩的。」

→故意彰顯自己的付出來引起對方愧疚

　　小明：「我還不是一樣？我媽媽甚至因為我不陪她逛街，還說我沒把她放眼裡。我現在詢問你的意見，真是太浪費時間了！」

→故意講反話引起對方不適

　　這些對我們深愛的人做出的傷害，最終總會迎來無限的後悔，但當發生事情的當下，未必能好好地思考彼此的缺失。那麼，和家人的爭吵難免，請試著寫看看你與家人最近一次的爭執是什麼呢？冷靜想想後，你認為彼此之間是否有缺失呢？

參考解答：
我和家人在上週吵架，原因是媽媽偷翻我的日記本，我認為大人不應該隨意偷窺我的隱私，但可能因為我的語氣不好，也讓這個爭吵變得更加劇烈。

親情書寫是大家熟悉的寫作題材，但為什麼有些人總能讓情感洋溢，有些人總像在寫流水帳呢？當我們在敘述一段感情時，我們都希望能夠透過文字，將我們真摯的情誼重現於紙上，但若寫得太瑣碎，又會使得作文失焦、沒有重點。

我們可以做個測試：假設今天你與家人產生了紛爭，你希望將這件事情記錄下來，那麼有什麼事件是你認為非常重要，值得記錄下來的呢？請試著在□中打勾，同時，也可以在後面稍微註記想提到的內容。

□自己的個性：

□家人的個性：

□爭吵的時間：

□爭吵的地點：

□爭吵的原因：

□爭吵的話語：

☐當下的心情：

☐爭吵後心情：

☐冷靜後心情：

☐爭吵後對話：

☐和好的原因：

☐道歉的話語：

☐其他：

  其實，當我們在講一則故事、寫一篇作文時，上面所有的內容都是可以提到的。但若我們要寫成一篇文章時，自然就要對文章有所刪減，也就是說，我們不可能將所有細節都寫出來，但卻可以決定我們哪個部分，是值得細細描寫的。例如說，在爭吵的當下，我想要向讀者介紹我之所以生氣的原因，因此，對於事件或許可以描寫較少，把焦點都放在自己的個性上，這樣不但能夠讓你的文章更有主題，也可以避免掉談論太多不重要的細節。

  因此，我們寫文章的目的，就是要給讀者閱讀的，所以在寫文章時，要去思考「讀者能不能知道我所想表達的？」這件事情。因此在敘述上我們該格外注意，不能夠「只講給自己聽」，而是要站在讀者

的角度去構思一篇文章。

　　現在，請你運用上述的技巧，以及你上面所勾選的內容，合併我們前面所看到的親情，寫出一篇完整表達親情的文章吧！

心智圖

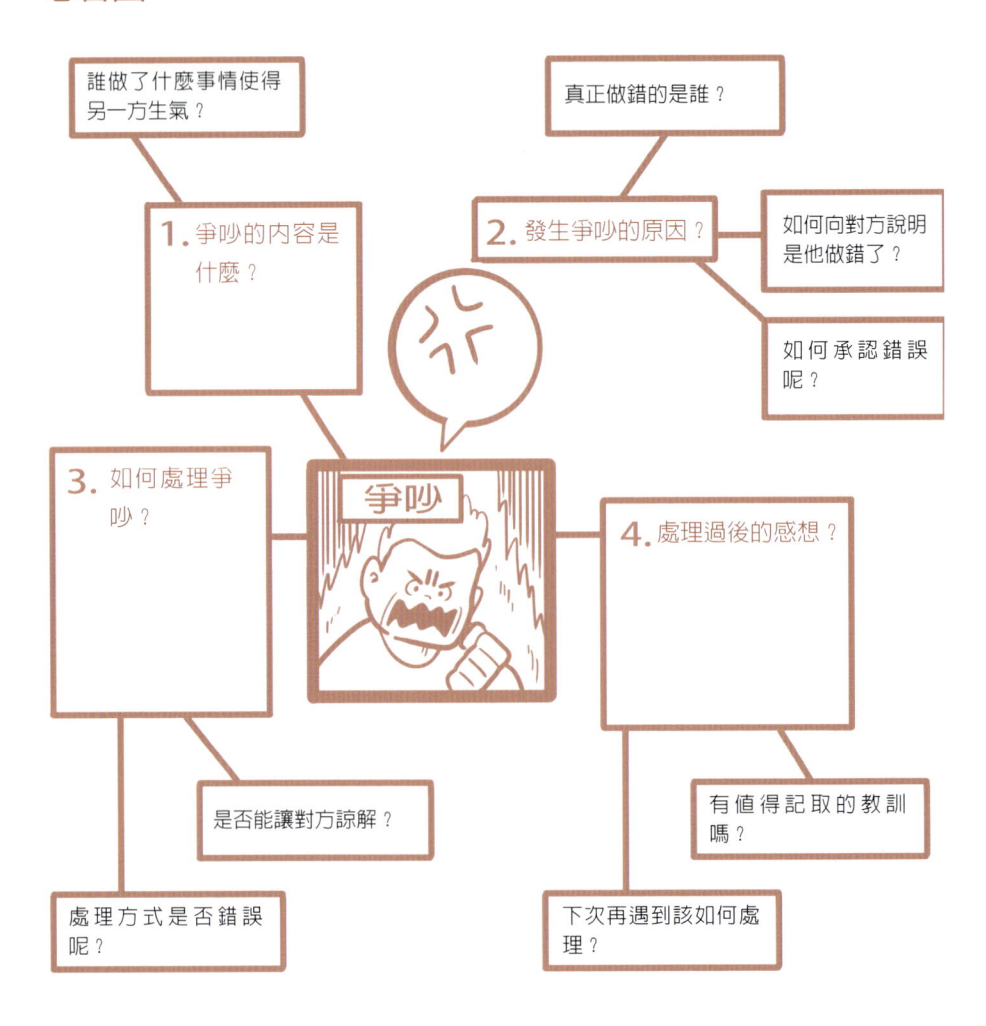

- 誰做了什麼事情使得另一方生氣？
- 真正做錯的是誰？
- 1. 爭吵的內容是什麼？
- 2. 發生爭吵的原因？
- 如何向對方說明是他做錯了？
- 如何承認錯誤呢？
- 3. 如何處理爭吵？

爭吵

- 4. 處理過後的感想？
- 是否能讓對方諒解？
- 有值得記取的教訓嗎？
- 處理方式是否錯誤呢？
- 下次再遇到該如何處理？

課後學習：成語小教室

代號	成語	意義
A	冰釋前嫌	比喻人與人之間的矛盾被解除。
B	舐犢情深	比喻父母對子女的慈愛。
C	兄弟鬩牆	鬩，互相爭訟。指兄弟失和或團體不和睦。
D	寸草春輝	比喻子女報答不盡父母的養育之恩。
E	後悔莫及	表示事情無法挽回，事後懊悔也已來不及了。
F	綵衣娛親	比喻孝養父母，逗父母開心。
G	含飴弄孫	形容老年人恬適悠閒的生活樂趣。

請將適當的代號填入以下的文句。

(　　) 1. 父母對於子女的恩情，尤如□□□□，使得子女永遠感激。

(　　) 2. 孫爺爺退休後，就待在家中過著□□□□的生活。

(　　) 3. 他倆兄弟原本感情和睦，沒想到最後為了爭奪遺產弄得□□□□。

(　　) 4. 過年時孩子們□□□□，紛紛拿出才藝表現給長輩看。

(　　) 5. 孝順要及時，不要等到父母都不在人世的時候才□□□□。

(　　) 6. 雖然一度爭執地相當激烈，但是在經過不斷的溝通後，他們終於□□□□。

(　　) 7. 雖然貧困，但在他生病時父親仍細心照料，足見□□□□。

參考解答：1.D　2.G　3.C　4.F　5.E　6.A　7.B

怎麼跟別人溝通？

你知道，原來溝通與爭吵是有極大的差異嗎？

在我們的生活之中，有許多的爭吵都來自於錯誤的溝通。

在我們與他人對話時，有時候總會覺得對方的思考，與自己的相差甚多，甚至會有種「你怎麼會有這種想法」的念頭產生。其實，這並不全然是對方有問題，而是我們在某種處境下，對於自己的想法會有不可動搖的信任。

那麼該怎麼樣在不開心的時候，還能保持與對方的妥善溝通呢？

心理學家提出了四大要素：觀察、感受、需要、請求。

當我們面對一個爭吵、一項問題時，我們首先要知道的是：這件事情客觀來說究竟發生了什麼？問題的根源起源自哪裡呢？當我們能夠冷靜的判斷一件事情的起點，那麼我們離妥善的溝通就又更進了一步。

再來，你需要勇於表達自己的感受。若我們受到了責難，又或是我們正處於生氣的狀況時，你所要做的就是要完整表達自己的感受，以及自己的念頭或是做這件事情的動機，使得他人可以針對你的動機去了解你的用意。

接著說明你的需要，這指的是你要告訴對方，為什麼你要做這件事情，以及你為什麼需要對方不要做這件事情。

最後則是請求，也就是化解爭吵危機的關鍵：你要好好地告訴對方你希望對方怎麼做。

若我們能夠做到這幾點，也能體諒他人表達他們的意見，那麼我們的對話就會變成有效的溝通而非無謂的爭吵！

【寫作練習】

除了在學校的時間，最常陪伴在我們身旁的一定是親人。但再親密的家人，也一定會有產生爭吵的時候，就如同魯迅與他的弟弟一樣，然而面對爭吵之後，我們一定能找到和家人和解的方式。

請你以「爭吵之後」描述一段曾經和家人不愉快的爭吵經驗，以

及後續是如何放下這段情緒，與家人重新和好的經驗。（文長約500字）

【寫作提示】

第一段
1. 可以寫出與家人的關係。
2. 提到自己和家人討厭的行為。

第二段
1. 家人或自己為何激怒了彼此。
2. 記得要將事件寫得清楚一點。

第三段
這項行為帶給你們怎麼樣的爭吵？

第四段
1. 爭吵之後，自己有什麼樣的情緒？
2. 該如何放下並與家人和解？

第五段
這段爭吵的結束以及你的感想。

範文：爭吵之後

　　從小到大，我都有寫日記的習慣，日記不僅能夠記錄我的生活大小事，更給了我與自己對話的空間，我不喜歡被別人看見我的心事，因此我都將日記收在抽屜的最深處。

當我有天放學回家時，看見媽媽正在打掃我的房間，我頓時心急如焚，走進房間一看，竟發現我的日記正放在書桌上。我生氣地質問媽媽，為什麼能夠偷看我的日記，沒想到媽媽不但不承認，還責怪我的房間雜亂，才讓她替我打掃。當時的我被憤怒佔據了理智，對著媽媽大吼就離開了房間。

生氣的情緒消失後，很快地變成了後悔，雖然自己的隱私被偷看了，但也不能隨意對媽媽吼叫，但我卻拉不下臉向媽媽道歉。晚餐時，爸爸注意到我跟媽媽都不講話，於是讓我們各自說明自己內心的想法。我委屈地說出不想被看見日記的事情，忍著淚水希望他們能夠尊重我的隱私，正當我準備被媽媽喝斥時，沒想到媽媽竟將手放在我的頭上，輕輕安慰著我。

「我沒有偷看你的日記，我知道那對你十分重要，因此我不希望你把日記放在滿是灰塵的角落。」媽媽這樣對著我說，沒想到，原來一切都是我誤會了媽媽！我後悔在沒有確認就亂發脾氣，媽媽也原諒了我的衝動，在經歷過這次事件後，我學會了要更加控制情緒，而且也要學會尊重他人。

當能夠尊重他人時，才能夠換取別人對自己的尊重。在這次的爭吵之後，我終於能夠體會到尊重的意涵。

作文練習

作文素養就是這樣養成的

古文時光機

課綱指標

國-E-A2 ➡ 透過國語文學習,掌握文本要旨、發展學習及解決問題策略、初探邏輯思維,並透過體驗與實踐,處理日常生活問題。

國-E-B3 ➡ 運用多重感官感受文藝之美,體驗生活中的美感事物,並發展藝文創作與欣賞的基本素養

國-E-C1 ➡ 閱讀各類文本,從中培養是非判斷的能力,以了解自己與所處社會的關係,培養同理心與責任感,關懷自然生態與增進公民意識。

在所有的唐朝詩人中,人生最戲劇化的莫過於杜甫,在他的一生中歷經過貶官、貧窮、戰爭,其中影響他最多的就是安史之亂這場變動。

安史之亂
1. 起因:唐玄宗因為晚期用人的失誤,和對楊貴妃的寵愛導致無心在朝政。
2. 過程:手下安祿山跟史思明出兵反抗唐玄宗。
3. 結果:雖然最後成功平定了戰亂,但也導致了唐玄宗的退位,唐朝開始衰敗。

原本生活安定的他,被迫逃跑到四川躲避戰亂,雖然身處環堵蕭然[1]的環境中,但他依舊堅持他想要為社會貢獻的心,在這流亡的幾年裡,寫了許多的詩句鼓舞著自己,也激勵著那些正在前線奮鬥的戰士,以下這首詩就是其中一個例子。

〈茅屋為秋風所破歌〉節錄
布衾[2]多年冷似鐵,嬌兒惡臥[3]踏裡裂。
(布被被使用多年,早已冷如鋼鐵,寶貝兒子因此睡不安穩,還把被子踏裂。)

---

1 環堵蕭然:形容居室簡陋,十分貧窮。
2 衾ㄑㄧㄣ:大被子。
3 臥:躺,此指睡覺。

床頭屋漏無乾處，雨腳如麻未斷絕。
（屋頂漏雨，床頭無一處乾爽，密集的雨線紛亂如麻，未曾斷絕。）
自經喪亂少睡眠，長夜沾濕何由徹[4]！
（自從戰亂後，我就一直睡不多，偏偏又滿屋濕氣，該如何挨過這漫漫長夜啊！）
安得[5]廣廈千萬間，大庇天下寒士[6]俱歡顏，風雨不動安如山！
（怎樣才能得到千萬間寬廣高大的房子，好庇護天下所有貧寒的人們都喜笑顏開，在風雨中安定不動如山！）
嗚呼！何時眼前突兀見[7]此屋，吾廬[8]獨破受凍死亦足[9]。
（唉！什麼時候眼前真能突然出現這樣的房屋，就算只有我的茅廬破了、只有我凍死了，也還是覺得心滿意足啊。）

　　杜甫雖然身在這種淒苦難言和焦慮不安的苦境中，但他沒有只想到自己，而推己及人[10]，想到了千千萬萬和自己一樣的「天下寒士[11]」，希望自己能為他們找到千萬間廣廈，使他們能免於遭受自己目前這樣的苦況，乃至於自己一個人凍死也在所不惜，充分表現了杜甫的仁愛胸懷和高尚的人格。

---

4 徹：指整個夜晚。
5 安得：怎麼能夠。
6 寒士：貧窮的人。
7 兀然：突然。
8 廬：家。
9 足：滿足。
10 推己及人：將心比心，設身處地替別人著想。
11 天下寒士：指全天下窮苦的人們。

在每個人的人生中都會遭遇許多困難，請寫下讓你感到最挫折的事情，並敘述你是如何解決的。

參考解答：
曾經看到大考成績之後非常沮喪，甚至一度找不到讀書的方向，但在家人和老師的鼓勵下，改變了生活的作息和習慣，開始跟著優秀同學的學習步驟，慢慢地找回了讀書的動力和成就感。

　　這首詩所蘊含的情感非常地多，就像浮在水面的冰山一樣，表面上的杜甫讓人感覺過著愜意的隱居生活，但其實在冰山的下層，包含了痛苦、擔憂、無奈與期待等價值觀，這些才是影響人們行為的關鍵。我們可以透過「冰山理論」來分析他內心層面的情感，進而更好地來改寫他的文章。

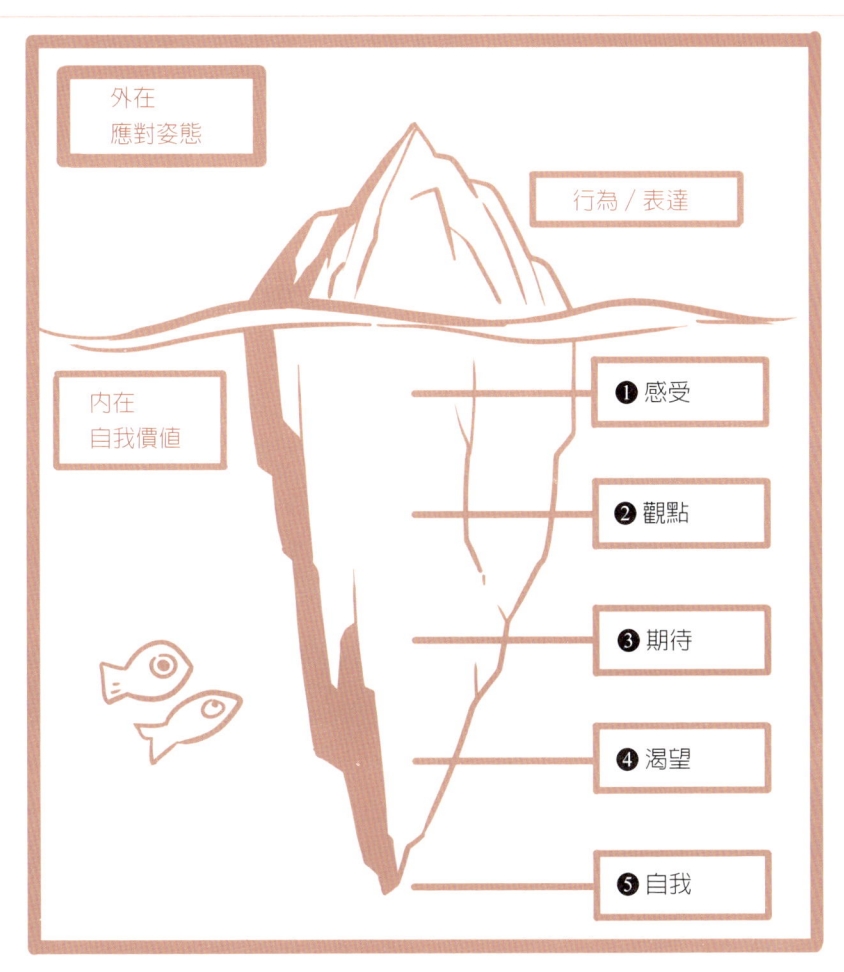

```
┌─────────────────────────────────────────────┐
│   外在                                        │
│   應對姿態                                     │
│                        行為／表達              │
│                                              │
│         ～～～～～～～～～～～～              │
│                                              │
│   內在                      ❶ 感受            │
│   自我價值                                     │
│                            ❷ 觀點             │
│                                              │
│                            ❸ 期待             │
│                                              │
│                            ❹ 渴望             │
│                                              │
│                            ❺ 自我             │
└─────────────────────────────────────────────┘
```

1. 外在行為→作詩來表達自我的期許
2. 內在價值
    ⑴第一感受→感到悲傷、沮喪又無奈
    ⑵思考後的觀點→做為一個詩人，他看到百姓在戰爭中疾苦的一面
    ⑶期待及渴望→希望能夠有能力保護全天下貧苦的人
    ⑷自己的位置→只要能夠讓天下安樂，自己犧牲也無妨

範文

　　今天不知是身處異鄉的第幾天，清晨被冷冽的天氣喚醒，布被也因長期的嚴寒而乾燥不堪，甚至在翻身時都能被踏裂，我的兒子常常在這種環境中輾轉反側，在寒冷夜晚中無法成眠。現在的我居住在這不蔽風雨[12]的茅草屋中，心裡卻不曾被擊垮，常常作詩來表達我對國家的期許。

　　而在安史之戰開打之後，我憂心如焚[13]，看到了百姓的疾苦，對這場戰爭的發生百感交集[14]，對於百姓及那些無家可歸的人們，感到悲傷、沮喪又無奈，我一生都在追尋讓天下的每個人都能夠感到安居立業的方法，想像著有朝一日我能夠擁有一棟高堂廣廈[15]，有能力保護全天下貧苦的人，裡面廣納百川[16]，不分你我，大家都再也不會被戰爭所侵擾，讓所有人在裡面都能感到安心自在，每個人的臉上都掛著燦爛的笑容。

　　唉！真希望這樣的房子能在我眼前出現，即便全世界只有我一個人承受著飢寒交切，我也甘之如飴[17]。「先天下之憂而憂，後天下之樂而樂」[18]就是我的一生志業，只要能夠讓天下安樂，我自己的犧牲也就不算什麼了。

---

[12] 不蔽風雨：形容房屋破爛簡陋。
[13] 憂心如焚：形容非常焦急憂慮。
[14] 百感交集：比喻思緒混亂，感情複雜。
[15] 高堂廣廈：指高大豪華的房屋建築。
[16] 廣納百川：有寬廣的心，包容各不同的人事物。
[17] 甘之如飴：指苦難來臨，甘心承受。
[18] 先天下之憂而憂，後天下之樂而樂：在天下人還沒察覺禍患而感到憂慮之前，就事先憂慮籌劃。

課後學習：杜甫的保養品

相對於溫暖的南方，唐朝的首都長安城的冬天還是比較乾燥，不注意保濕就會有皮膚問題，所以冬天的保養品是不可少的。其實唐人對皮膚的要求，就是「緊緻、拉提、美白、保濕」，實在和現代人沒有差很多啊。

誰沒事送保養品給他呢？是唐玄宗的兒子——肅宗皇帝。因杜甫在戰爭中仍一片赤誠前來投奔，肅宗授予他左拾遺的職位。這其實是唐代的宮廷風俗。皇帝在正月會頒賜口脂、面膜給大臣，不是人人都有，只有親信、宰相和諫官可以得到，杜甫就屬於諫官。換言之，收到這些保養品，就顯示你是皇帝所看重之人，收到禮物的人要寫一篇文章感謝皇帝。

說真的，杜甫他到底用的是哪些配方，我們並不知道。但能夠從《千金翼方》這本專門找記載古代藥品及藥方的書去找到一些記載。翻譯了一則給大家看看。

急面皮方（純天然膠原蛋白洗面乳）

配方：大豬蹄、清漿水
用法：放入鍋中煎至膠狀，並混合澡豆粉，用以洗面，再用漿水清洗。
功效：一夜使肌膚緊緻拉提

讀完了之後，是不是對古時候的面膜材料和用法感到神奇，連豬

蹄都可以拿來當作使肌膚緊緻的其中一物。請你也試著想想看，運用身邊曾經接觸任何物品或材料，不管是吃的、喝的、玩的，製造出一款專屬於你的保養品。

提醒：保養品可以不一定是乳液或是面膜，也可以是吃的或喝的。

　　　　　　　名稱：（　　　　　　　　）
配方：（　　　　　　）、（　　　　　　　）、（
　　　）
用法：放入（　　　　　　），並（　　　　　　　），最後
　　　（　　　　　　）。
功效：（　　　　　　）

下列有參考的選項可供選填，也可以透過自己的巧思想出答案。

1. 維生素A：對眼睛、皮膚、免疫系統的功能至關緊要
2. 維生素B：提神醒腦、消除疲勞
3. 維生素C：有抗氧化作用，幫助身體修復任何的損傷
4. 維生素D：增加骨骼和牙齒的發展
5. 蘆薈：皮膚的保濕
6. 小黃瓜：淡化斑點、抗氧化
7. 酵母菌發酵液：抗氧化、淡化皮膚細紋皺紋、提升肌膚光澤
8. （　　　　　　）味道的香水

課後練習：成語小教室

序號	成語	意義
1	千里鵝毛	比喻禮物雖輕但情意深重
2	別出心裁	形容獨出巧思，不同流俗
3	野人獻曝	比喻平凡人所貢獻的平凡事物
4	鳳毛麟角	比喻珍貴、稀少的人事物。
5	甘言厚幣	為了能達到某種目的而送的禮物。
6	雪中送炭	比喻在人艱困危急之時，給予適時的援助

一起把剛剛學到的成語填入下面的框框中吧！

1. 小明雖然自謙他的意見是（　　　　　　），其實非常有價值。
2. 小朋友捐給災民的錢雖然不多，卻是（　　　　　　），這樣的愛心真是令人感動。
3. 她這幅畫的設計非常的（　　　　　　），其中對於風景的刻畫更是讓人讚嘆。
4. 在我們鄉下地方，擁有博士學位的人有如（　　　　　　），人人稱羨。
5. 平常態度冷漠的小美卻一改往常，在老闆的桌上放了一盒禮物，想必一定是（　　　　　　）。

參考解答：

1. 野人獻曝　2. 雪中送炭　3. 別出心裁　4. 鳳毛麟角　5. 甘言厚幣

畫畫看

　　在賞析過杜甫的詩句後，請你把他在詩中所描繪的茅草屋環境畫下來，其中要包含幾個重要的關鍵：1.裂掉的被子、2.睡不好的兒

子、3.茅草屋的環境、4.陰雨綿綿的環境、5.杜甫的想法。

參考解答：

寫作練習

<聞官軍收河南河北>

唐・杜甫

劍外[19]忽傳收薊北，初聞[20]涕淚滿衣裳。
（劍門關外忽然聽說官軍收復薊北，乍聽到止不住的淚水灑滿了衣裳。）
卻看[21]妻子愁何在，漫卷[22]詩書喜欲狂。
（回頭看妻兒的愁容不知去了何方，胡亂收拾著詩書不由得欣喜若狂。）

[19] 劍外：劍門關以外，指杜甫所在的地方。
[20] 聞：聽見，看見。
[21] 卻看：再看，還看。
[22] 漫卷：胡亂地捲起。

白日[23]放歌[24]須縱酒，青春[25]作伴好還鄉。
（白日裡引吭高歌且須縱情飲酒，春光正好伴我返回那久別的故鄉。）
即從巴峽穿巫峽，便下襄陽向洛陽。
（立即動身穿過了巴峽再穿過巫峽，然後經過襄陽再轉向那舊都洛陽。）

〈聞官軍收河南河北〉作於公元763年春天，當時杜甫五十二歲。唐軍打了一個大勝仗，收復了洛陽和鄭（今河南鄭州）、汴（今河南開封）等州，叛軍紛紛投降。至此，持續七年多的「安史之亂」宣告結束。杜甫是一個熱愛祖國而又飽經喪亂的詩人，當時正過著漂泊的生活。他聽到這個消息，內心無比激動，寫下了這篇膾炙人口[26]的名作。

對於回家的感動，相信是我們從小到大深刻的記憶。請寫下在你回家的過程中，印象最深的一次，並敘述其原因。

參考解答：
還記得有次段考結束，爸爸在回家的路上給了我一片關於李小龍電影的DVD，那是我開啟對這位武術傳奇欣賞的啟蒙時刻。即便現在我長大

---
[23] 白日：表現時光美好。
[24] 放歌：放聲高歌。
[25] 青春：春日還鄉。
[26] 膾炙人口：形容受人讚賞的詩文，或流行一時的事物。

了，我依舊會和爸爸回顧那些電影，也成為了我們父子倆感情的紐帶。

　　透過上述的介紹，我們了解到杜甫寫這首詩的起因和背景，是安史之亂之後的故事，而改寫的內容可以和上一篇的改寫的內容做一個連結，敘述杜甫從茅草屋到回家時的心態轉變。請你一樣透過「冰山理論」來分析他內心層面的情感，並將你分析過的內容，依序地填入你所要改寫的文章。

---

1. 外在行為→

2. 內在價值
　⑴第一感受→

　⑵思考後的觀點→

　⑶期待及渴望→

　⑷自己的位置→

參考解答：
1. 外在行為→很興奮地收拾行李準備回長安

    註：長安為唐朝首都

2. 內在價值

    (1)第一感受→聽到消息後喜極而泣

    (2)思考後的觀點→這陣子經歷的苦難都獲得了回報

    (3)期待及渴望→希望能夠回到長安後能夠依照自己在茅草屋的理想報效國家

    (4)自己的位置→無論環境如何變動，我永遠都是對國家忠心的詩人及官員

範文

在劍門關外聽到國家的士兵凱旋歸來，心情激動不已，我也很興奮收拾著行李、帶著妻兒準備回到長安。第一次聽到能回家的消息時，我不禁喜極而泣，因為在歷經這麼多年的顛沛流離[27]後，我終於能夠再次回到繁榮的長安，這些年的委屈終於得到了抒發，而皇帝在看到我報效國家的心之後，也熱情地邀請我回去，這讓我所經歷的苦難也都獲得了回報。

在回去的路上我欣喜若狂[28]，一路上一邊喝著我珍藏的酒，一邊大聲地唱著歌，期待著能趕快回到長安。而在回到長安的首要目標，就是能夠完成我在茅草屋的理想——讓每

---

[27] 顛沛流離：比喻世道衰亂或人事挫折。
[28] 欣喜若狂：形容快樂、高興到了極點。

個窮苦的人都能夠安身立命[29],永遠不用為了戰爭而流離失所[30]。雖然不知道未來這個國家還會遇到什麼樣的困難,但我相信,只要我有一顆忠誠及堅定的心,任何的困難都會迎刃而解[31]。

[29] 安身立命:指居處得以容身,生活便有著落,精神上亦有所寄託。
[30] 流離失所:形容轉徙離散,無處安身。
[31] 迎刃而解:比喻事情很容易處理。

作文練習

作文素養就是這樣養成的

主題二
小小推理家

需要與想要

課綱指標

國-E-A1 ➡ 認識國語文的重要性,培養國語文的興趣,能運用國語文認識自我、表現自我,奠定終身學習的基礎。

國-E-A2 ➡ 透過國語文學習,掌握文本要旨、發展學習及解決問題策略、初探邏輯思維,並透過體驗與實踐,處理日常生活問題。

國-E-C2 ➡ 與他人互動時,能適切運用語文能力表達個人想法,理解與包容不同意見,樂於參與學校及社區活動,體會團隊合作的重要性。

作文素養就是這樣養成的

　　同學們，你是否有自己花錢購物的經驗呢？

　　如果手上只有有限的金錢，貨架上的兩種零食都令你垂涎欲滴，該如何抉擇呢？光是想像，都令人覺得折磨又難受對吧？其實，掌管家中經濟大權的大人們，每天都在經歷這樣的天人交戰呢！讓我們想像以下的情境：

　　你帶著這學期的營養午餐費來到學校準備繳費。穿堂正好在舉辦書展，你看到了一套讓你很感興趣的書，想要立刻買回家，因為一旦明天書展結束，就沒有機會；另一方面，午餐費的繳費期限也是今天，若是今天沒有繳錢，可就麻煩了。這時候，你會怎麼做呢？等等！先別急著作答！在你寫下答案之前，不如讓我們一起來分析兩種選擇可能帶來的結果。

選擇「將這筆錢拿來買書」，會：

選擇「將這筆錢拿來繳費」，會：

參考解答：
選擇「將這筆錢拿來買書」，會：擁有可吸收新知的書籍，但是回家後會被媽媽責罰。
選擇「將這筆錢拿來繳費」，會：可以順利繳納午餐費，但沒機會買新書回家看了。

好了，那麼你的選擇是什麼呢？

我的選擇：

我的原因：

那麼，對於前面提到的「選擇的結果」，你會如何處理呢？

我的處理方式：

在上面的情境中，有許多同學會因為擔心被家長、老師問責，或因為「那筆錢本來就是用來繳午餐費的」而選擇忍耐不買書；不過，在現實生活中，我們更常遇到沒有這樣的限制，而必須全靠自己下決定的情況。在這類兩難的情境中，是否真有所謂「正確的選擇」呢？

在回答這個問題之前，讓我們先來認識「需要與想要」的概念

吧！

　　「需要」指的是我們賴以生存、不可或缺的所有基本條件，例如食物、水、電力、安全的住所等；而「想要」則是滿足我們在「需要」以外的願望，例如玩具、最新款的手機、遊戲卡牌、電子遊戲中的造型、名牌服飾等。

參考解答：

我的選擇：

1. 我決定先交午餐費，因為那筆錢本來就是拿來繳費的，不可以亂花；而且，比起課外書籍，每天中午有飯可吃更重要。
2. 我決定先買新書，因為錯過了這次書展，可能就沒有機會再買到這套書了；做事應該靈活變通，先買了書再回家和家人報備就好，午餐費可以之後再交。

我的處理方式：

1. 記下那套書的名字，回家再請家人幫我買，也可以去圖書館借來看即可。
2. 跟老師說午餐費晚點再交，請老師通融；接著趕緊打電話給家人，請他們再送午餐費過來。

　　現在請你看看下方的物品，想想看，對於身為小學生的我們而言，哪些算是「需要」，哪些又是「想要」呢？

 (A)放學後，回家吃晚餐路上，超商裡賣的麻辣蒟蒻點心零食	 (B)可以量測心率、記錄睡眠與運動狀態的最新款高級智慧型手錶	 (C)順手好用的大塊橡皮擦
 (D)堅固耐用，放得進書包的折疊傘	 (E)七種顏色還有發光功能的閃亮炫彩原子筆	 (F)搭載最新研發功能、內建人工智慧軟體的筆記型電腦
 (G)多功能、掃拖一體的地面清潔機器人	 (H)早起餓著肚子時，營養美味的熱騰騰早餐店蛋餅	 (I)不符合學校服儀規定，只有假日出門才能穿的好看涼鞋

(J)造型非常可愛的手機保護殼

(K)高音質專業等級電競耳機

(L)全球限量發行的一比一比例動漫角色模型，錯過這次就可能再也買不到啦！

我的分類	
需要	想要

　　現在，選擇一位家中的大人，想像你是他，從他的角度，再分類一次。

對象一：(　　　　　)──我的想像	
需要	想要

　　接著，讓我們來當一回小小記者，訪問這位大人，請他分類看

看。比比看,和你前面的想像有沒有不同呢?

對象一:(　　　　　)——訪問結果	
需要	想要

　　再找一位大人,重複一次剛才的過程吧!這一次,除了上面的選項之外,也可以寫下屬於自己的答案喔!

對象二:(　　　　　)——我的想像	
需要	想要

對象二:(　　　　　)——訪問結果	
需要	想要

　　想想看,對不同的人來說,「需要」和「想要」的標準一樣嗎?為什麼呢?

　　這時候,讓我們再回到一開始「繳午餐費」和「買書」的抉擇情境,其實就是一次「需要」和「想要」的兩難選擇。沒有買下那套朝

思暮想的書，雖然令人心有不捨，但並不會讓我們的生活嚴重受到影響；但若是沒有繳午餐費，不管是沒有午餐費或是大人的追究，是不是都比「沒有有趣的新書看」來得困擾許多呢？

參考解答：

對象二：（媽媽）——我的想像	
需要	想要
B、D、G 順手耐用的新平底鍋、一雙耐穿的拖鞋	E、F、I、J 限量名牌包包、閃亮的水晶指甲
對象二：（媽媽）——訪問結果	
需要	想要
B、H 一套可以親子一起閱讀的英文繪本、健康食品	C、G、L 空間更大的新冰箱、效果更好的保養品

　　如果由你來掌管家計，你願意花最多錢在生活中的哪種開銷上呢？不妨試著將下面的幾個項目，從花錢的多到少，依序完成你心目中最理想的排名吧！

代號	項目	我的名次	家人的估計
A	食物（不包含在餐廳吃飯）		

代號	項目	我的名次	家人的估計
B	衣著、服飾		
C	房租和水電費		
D	家具設備		
E	醫療保健		
F	交通（包含公共運輸及自家交通工具）		

代號	項目	我的名次	家人的估計
G	通訊（電話費、網路費等）		
H	休閒與文化（書報雜誌、出遊、玩具等）		
I	教育		
J	餐廳和旅館		
K	儲蓄		

作文素養就是這樣養成的

下面的這張圓餅圖，是民國111年全國家庭平均花費在各種項目的支出比例，試著猜猜看，上面的十一種開銷，分別是圖中的哪一部分呢？測試看看你對金錢的敏銳程度吧！

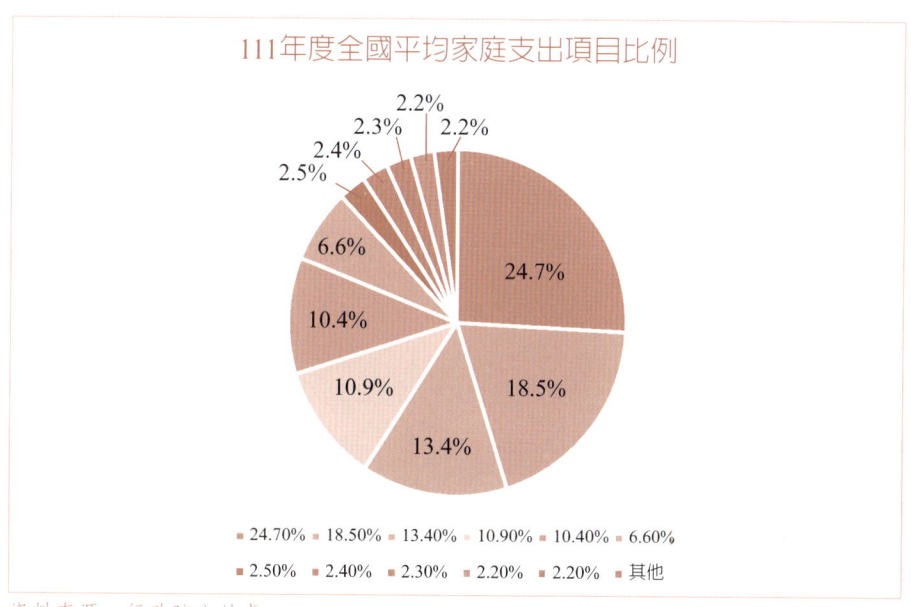

111年度全國平均家庭支出項目比例

- 24.70% ■ 18.50% ■ 13.40% ■ 10.90% ■ 10.40% ■ 6.60%
- 2.50% ■ 2.40% ■ 2.30% ■ 2.20% ■ 2.20% ■ 其他

資料來源：行政院主計處。

參考解答：

K	儲蓄	24.7%
C	房租和水電費	18.5%
E	醫療保健	13.4%
A	食物（不包含在餐廳吃飯）	10.9%
J	餐廳和旅館	10.4%
F	交通（包含公共運輸及自家交通工具）	6.6%
B	衣著、服飾	2.5%

H	休閒與文化（書報雜誌、出遊、玩具等）	2.4%
I	教育	2.3%
D	家具設備	2.2%
G	通訊（電話費、網路費等）	2.2%

　　答案是在你意料之中，還是令你始料未及呢？其實，這只是全國調查後的平均數字，代表著大概的狀況，不過正如每個人眼中的「需要」和「想要」都可能大相逕庭，每個家庭的生活方式和日常習慣各有不同，一份統計雖然值得參考，不過並不能代表家家戶戶因人而異的情形喔！

　　看了這份統計後，結果和你的猜測最不同的地方是什麼呢？又有哪些令你大跌眼鏡的發現呢？把你的想法都記錄下來吧！

和我的猜測最不一樣的地方是：

最讓我驚訝的是：

　　既然「花錢」這門學問在每個人的眼中都不盡相同，那麼你是否想過，平時家裡的開銷都花到哪去了呢？讓我們再次訪問家中的大人，請他根據實際的狀況，對家裡平時的花費簡單估計，並在剛才的

表格中，為這十一個項目排出最真實的名次吧！完成之後，請把「我的名次」和「家人的估計」比一比，將你所發現最大的不同之處寫下來：

參考解答：
和我的猜測最不一樣的是：「醫療保健」的名次被我排在最後一名，正確答案竟然是第三名，令人難以置信。

最讓我驚訝的是：房租和水電費居然要花這麼多錢，佔了家庭花費這麼高的比例，真是不可思議。

分分看（需要與想要）

1. 「我的名次」和「家人的估計」之間，名次差距最大的項目是：

2. 在這個項目的範圍中，請舉出屬於「需要」的三個例子，並說明原因：

3. 在這個項目的範圍中，請舉出屬於「想要」的三個例子，並說明原因：

4. 你認為，平時家中花在這個項目的金錢，是「需要」還是「想要」的比較多呢？為什麼？

參考解答：
1. 「我的名次」和「家人的估計」之間，名次差距最大的項目是：「家具設備」。我將家具設備排在第二名，爸爸將儲蓄排在第八名。
2. 在這個項目的範圍中，請舉出屬於「需要」的三個例子：
   (1)客廳的沙發，因為大家平時最常待在客廳。
   (2)爸媽和我房間的床，因為每天睡覺都需要。
   (3)能調整角度的電動升降書桌，因為我每天都需要寫作業、看書、畫畫，要保持正確的姿勢。
3. 在這個項目的範圍中，請舉出屬於「想要」的三個例子：
   (1)一百吋劇院級高畫質超大電視，雖然很吸引人，但家裡已經有電視了，而且通常只有週末才會看。
   (2)阿公家的電動麻將桌，自動洗牌、發牌的功能看起來很酷，讓我好想體驗看看，但是我家沒人會打麻將。
   (3)可以折疊收納的餐桌，變形的過程很有趣，但我家空間夠大，不需要將桌子收起，而且已經有好用的餐桌了。
4. 你認為，平時家中花在這些項目的金錢，是「需要」還是「想要」的比較多呢？為什麼？
   需要，因為我們家大部分的錢都用來繳房租以及我和弟弟的學費，這些都是不可或缺的。

寫到這裡，有點累了吧？中場休息一下，補充一點成語能量吧！以下是一些前面的內容中出現過的成語，學會後，趕快回去找找它們藏在哪吧！

課後學習：成語小教室

垂涎欲滴：嘴饞得口水快要流下來，形容對食物非常渴望。
始料未及：最初所沒有料想到的。
大相徑庭：形容彼此相差很遠。

牛刀小試

想想看，垂涎欲滴是「嘴饞得口水快要流下來」的意思，那麼，其中的哪一個字，是「口水」的意思呢？請把它圈出來！（提示：別忘了看看部首！）

垂　涎　欲　滴

（答案在下一頁）

意猶未盡，還想再學習更多成語嗎？那就一起來看看幾個和「花錢」有關的成語吧！

代號	成語	意義
甲	揮金如土	花錢就像撒土一樣。比喻極端浪費錢財。
乙	鐵公雞	形容人一毛不拔，非常小氣吝嗇。
丙	日食萬錢	每天飲食須耗費上萬的錢。形容生活極為奢侈豪華。
丁	愛財如命	愛惜錢財，就好像疼惜自己的生命一樣。形容十分吝嗇、貪婪。
戊	富可敵國	擁有的財富可與國家資財相比。形容極為富有。
己	身無長物	指身邊沒有任何多餘的物品。比喻節儉或貧困。

學會了嗎？立刻來試試看吧！請為以下的句子填入最適合成語的代號。

1. 德德這個人（　　　　），平常連請我們吃飯都不願意，要說服他捐錢幫助災民，大概比登天還難！
2. 自從亘亘中了樂透，就開始（　　　　）地買豪宅、跑車，果不其然，沒多久就把獎金揮霍光了。
3. 就算沒有（　　　　）的優渥生活環境，我們能在簡單的生活中感受樸實的樂趣，也非常可貴。
4. 獨自一人來到大城市打拼的惟惟，（　　　　），卻有滿心的美好理想，和一腔勇於嘗試的熱血。
5. 騏騏從一位普通的小員工開始努力打拼，憑著永不放棄的精神，終於成為（　　　　）的企業總裁。
6. 炘炘收入很高卻從來不肯多花錢，連自己寵物生了病都想省錢不帶牠看獸醫，真是隻（　　　　）。

參考解答：

牛刀小試解答：垂(涎)欲滴，「涎」就是口水的意思喔！

1. 丁；2. 甲；3. 丙；4. 己；5. 戊；6. 乙

文化布告欄

　　馬上要動手寫文章了，趕緊再來補充一些實用的小知識，或許能用在你的文章中，使它更亮眼出色喔！

※古人幫「錢」取的綽號：

　　我們常常明知道一個物品的名字，卻喜歡換個方式稱呼它，這樣的現象，叫作「借代」，也是一種常見的修辭法。如果能在文章中善加利用，能使重複出現的同樣詞彙煥然一新，讓文章充滿變化。

　　現代人說起「錢」，有時會用「小朋友」來借代，因為藍色的一千元紙鈔上有六位小朋友；有時也會用「孫中山」來借代，因為紅色的一百元紙鈔上印著我們的國父孫中山先生。

　　那麼，古人又是怎麼稱呼錢的呢？

　　古人常稱呼錢是「孔方兄」，因為古代錢幣為了方便攜帶，中央都有一個方形的孔。

　　除此之外，還會稱呼它為「阿堵物」，這個名稱的由來，和下面的小故事有關。

阿堵物的故事

　　話說晉朝的時候，有一個叫作王衍的人，他覺得自己的妻子實在是太愛錢了，讓自認清高不喜錢財的他非常厭煩，於是決定在說話的時候，絕口不提「錢」這個字。他的妻子知道後，想要試探他是不是真的能說到做到，於是故意趁著王衍睡覺時，找家中的僕人把他的床鋪四周，全都用錢幣圍了滿滿的一圈又一圈，封鎖得水洩不通。

　　醒來之後的王衍發現四周都是障礙物，下不了床，十分苦惱，卻又不能直接開口請僕人把「錢」給拿走，於是只能生氣的說：「把『阿堵物』拿走啦！」

　　原來「阿堵物」是那個時代人的口語，意思就是我們現在說的「那個東西」，所以，沒辦法開口提「錢」的王衍，只好要僕人把「那個東西」給拿走。

　　後來，這個滑稽的故事流傳開來，人們就開始以「阿堵物」來借代「錢」了。往後在古人的詩文中看見「阿堵物」，就很有可能是在指錢財喔！

寫作練習

「需要」和「想要」是截然不同的概念，如果混淆了它們，生活中就容易常常為了金錢而煩惱。請以「需要與想要」為題，寫下你對這兩個概念的看法。（文長約500字）

【寫作提示】

第一段
1. 說說管理好金錢的重要性。
2. 舉出幾項生活中需要用錢的地方。

第二段
1. 解釋什麼是「需要」。
2. 舉出生活中的例子說明，敘述完整的情境，強調為什麼「不可或缺」。

第三段
1. 解釋什麼是「想要」。
2. 舉出生活中的例子說明，敘述完整的情境，強調為什麼「可有可無」。

第四段
1. 生活中，是否經歷過「需要」和「想要」衝突的時刻？請舉自己或身邊的例子說明。
2. 有沒有分不清「需要」和「想要」的時候呢？這時該怎麼辦？這兩件事最大的區別是什麼？

第五段
1. 金錢不是無限的，我們該如何珍惜它，好好發揮它的價值，不浪費呢？
2. 分清楚「需要」和「想要」，對我們有什麼幫助？

範文：需要與想要

打從我們睜開眼開始，生活中的一切都和金錢息息相關。常聽人說：「錢不是萬能，但沒有錢萬萬不能。」舉凡我們上學學習知識、美味可口的一日三餐，還有遮風避雨的房屋，都需要花費不少金錢。管理好金錢，是每個現代人必備的重要技能。

日常生活中，每天的食、衣、住、行，是不可或缺的重要環節，少了他們，我們的生活就都亂成一團。這些最基本的花費，就是「需要」。早上起床，一定得打開水龍頭刷牙洗臉，好好梳洗一番，再換上洗乾淨的制服，才能容光煥發地出門上學，這個過程中的自來水費、洗衣機需要的電費，還有購買牙膏、牙刷和制服的費用，就都屬於「需要」的範圍。

放學回家路上，明明知道媽媽已經在家裡準備了豐盛營養的晚餐，我卻總是忍不住在經過便利商店時嘴饞，鬼迷心竅般進去買一小瓶十五元的飲料，再踏上歸途。這些其實可以不必花的錢，就是「想要」的花費了。可別小看這看似微不足道的十五塊錢，要是抵擋不了「想要」誘惑，花的錢可是會聚沙成塔，相當可觀呢！

還記得，爸爸有一次正為了買一臺新的筆記型電腦而煩惱，他非常喜歡新款式的外觀和升級的性能，卻因為太高昂的價格而遲遲無法決定。後來，媽媽問他：「那些新功能，有哪些是你非有不可的呢？」爸爸仔細思考過後，發現他真正用得到的功能，舊款都有，而且價格也便宜了許多，於是

最後還是決定買舊款。

　　其實,「想要」並不是錯的,我們也不是一定只能在「需要」的東西上花錢,但是只有衡量清楚兩者的界線,弄清楚自己真正需要哪些、不需要哪些,才能規劃這筆錢最好的運用方式。當我們不揮金如土,而是讓手上的錢先發揮我們最「需要」的功能,才能從容應對不時之需,甚至買下更多自己「想要」的物品,成為有智慧的理財者。

作文素養就是這樣養成的

作文練習

主題二／需要與想要

如果我是老師，我會禁止蘿蔔刀嗎？

課綱指標

國-E-A2 ➡ 透過國語文學習，掌握文本要旨、發展學習及解決問題策略、初探邏輯思維，並透過體驗與實踐，處理日常生活問題。

國-E-A3 ➡ 運用國語文充實生活經驗，學習有步驟的規劃活動和解決問題，並探索多元知能，培養創新精神，以增進生活適應力。

國-E-C1 ➡ 閱讀各類文本，從中培養是非判斷的能力，以了解自己與所處社會的關係，培養同理心與責任感，關懷自然生態與增進公民意識。

蘿蔔球

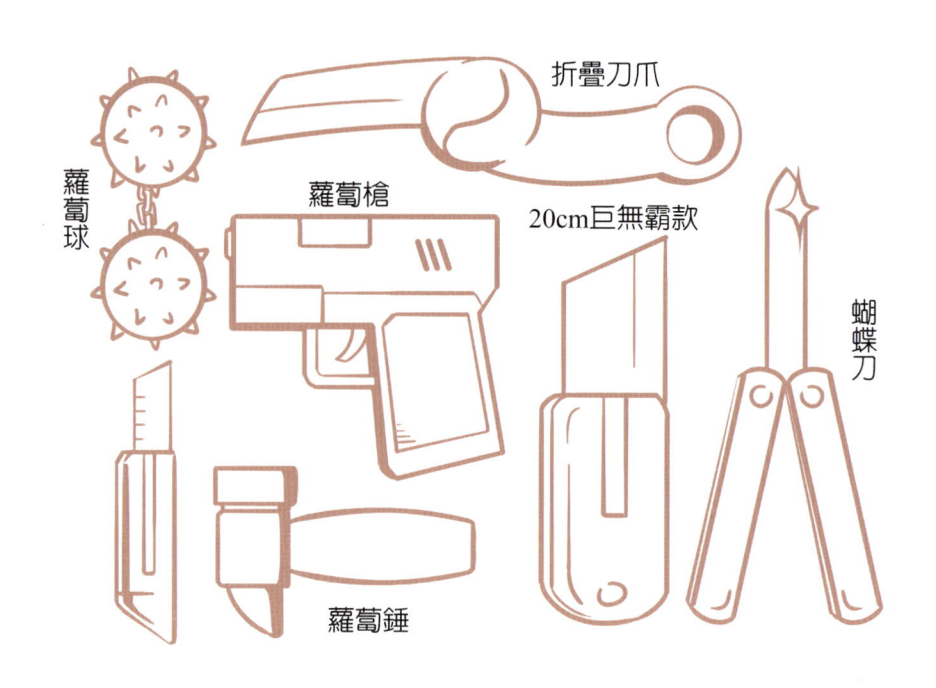

折疊刀爪

蘿蔔槍

20cm巨無霸款

蝴蝶刀

蘿蔔錘

各位同學，蘿蔔刀的風潮你跟上了嗎？以上幾樣你擁有幾種呢？

最近以來，全臺校園興起一種名叫「蘿蔔刀」的玩具，從現行最火紅的短影音平臺「抖音」開始爆紅，這款玩具外型可愛，甩動起來十分解壓，深受學生族群的喜愛。蘿蔔刀最初要追溯到一名<u>中國</u>的大學生，利用3D列印機做出這款塑膠玩具，後來在抖音帳號發布後，在中國爆紅並且大量生產，隨即流傳到<u>亞洲</u>各國家之間，甚至出現蘿蔔家族，像是「蘿蔔槍」、「蘿蔔梳子」，甚至是「巨型蘿蔔刀」。

> 玩具的魅力從不是專屬於小孩，你還擁有過什麼令你愛不釋手的玩具呢？請列舉出，並且說明吸引你的地方。

參考解答：
魔術方塊。因為在轉動的過程中可以考驗我的腦力，尤其我最喜歡與朋友比賽誰花的時間比較短，每當六面都解出來，我總是樂得不可開支！

　　聽到蘿蔔刀之初，很容易誤以為真的是一把刀，蘿蔔刀是一種外型像短蘿蔔的塑膠玩具鈍刃，由兩部分刀柄及刀芯組成，重量輕，可藉由按鍵彈出或手腕甩動進而甩出刀片，同時還會發出「喀喀」的響聲，視覺及聲光效果的雙重刺激下引起學生興趣，再加上蘿蔔刀價格平易近人，平均落在新臺幣五十元之間，在文具店、雜貨店中都能夠輕易看見蘿蔔刀的身影，透過商家的帶動不斷推陳出新，甚至出現夜光、巨大款等創意款式。

　　事實上，蘿蔔刀最初的定位是紓壓玩具，有心理諮商師曾表示，甩動蘿蔔刀可以訓練孩子的手指靈活度，進而活絡[1]大腦，同時還可以增進趣味並且緩和壓力。

1　活絡：使靈活、通達。

生活中難免會碰上壓力，適當的壓力也許有助於督促自己，但是過大的壓力則可能讓身心靈喘不過氣。請舉出你的最佳紓壓策略，並且說明是如何進行的呢？

參考解答：
週末到棒球聯盟參加練習並且比賽，在場上的每分每秒都專注在球上，而且還可以在球場上高聲呼喊，總能夠讓我忘卻課業的壓力，讓我身心舒暢。

　　雖然蘿蔔刀是安全的塑膠玩具，但任何事情都是一體兩面[2]，正確使用蘿蔔刀可以是安全無虞[3]的紓壓玩具，錯誤使用則可能是傷人的危險用品。雖然是塑膠產品看起來沒有什麼殺傷力，但其刀鋒卻可刺穿紙張、劃開柚子皮，甚至於刺破如西瓜、蘋果般的水果表皮。正因如此，蘿蔔刀才會引起家長、學校間的恐慌，更有家長擔心孩子若拿來互相比劃更易造成危險，而模仿刺、捅等動作，則怕激發孩子的暴力傾向，除了安全隱患[4]外，更擔心是否會對孩子的心理產生負面的影響。

2　一體兩面：同一個整體因觀察的角度不同，而呈現不同的狀態。
3　安全無虞：不危險，沒有憂患、顧慮。
4　隱患：暗藏而不易察覺的禍患。

所謂「天下父母心」，就是世上父母對子女關愛、呵護的心情。家人老師們時常對我們發出叮嚀，囑咐我們不能做某些事情，請你試著回想曾經做了哪些讓家人擔心的事情，並且說明事後你的感受是什麼？

參考解答：

曾有一次與朋友傍晚時分在公園玩躲貓貓，因為天色漸暗使我躲得特別有成就感，一直不願意出來，直到夜幕降臨我才發現朋友因為找不到我而開始擔心，立刻到我家詢問我的家人我是否在家，因此而被罵了臭頭。在被罵的當下我覺得很無辜，並不認為只是玩遊戲的自己有什麼錯，所以立刻回嘴，但仔細思考，做任何事情之前都應該保證安全，而且先報備給家人，而不是讓家人懸著一顆心，才導致著急而口氣不好。

另外，也有許多學生向老師反應，蘿蔔刀對校園以及班上的最大困擾是發出的「喀喀」聲響，製造教室和校園的噪音令人心煩，進而影響其他人的學習權益。而除了上述情況，更有許多家長提出必須全面了解市售的蘿蔔刀是否符合玩具的安全檢驗規範，尤其塑膠材質的塑化劑以及塗料是否含有有害物質，而不能只因為銷量好，就自行生產製造，此舉不僅傷害到學童，更有損商家名譽，可以說是最差的結果！

玩具檢驗知多少——玩具糾察小尖兵

同學們，你們可曾有注意過每個玩具上都有商品標示嗎？若沒有完整標示的話可是不能上架讓消費的我們購買的喔！以下的各個規定標示事項，請先思考它們各有什麼用意呢？

玩具或其包裝上應具備中文標示或附中文說明書，以指引消費者作正確之選擇。商品標示：在玩具或其主要零配件之本體或包裝上，應標示下列事項：

(A) 玩具名稱。

(B) 製造廠商之名稱、地址、電話及營利事業統一編號。

(C) 主要成分或材質。

(D) 顯明文字標示適用之年齡。

(E) 使用方法或注意事項。

(F) 有危害使用者之安全或健康之虞者，應標明警告標示或特殊警告標示。

看完上述事項後，請聰明的你判斷，下列各個情境中的消費者見到的注意事項，各是屬於哪個標示呢？

1. 剛請家人在攤販購買玩具煙火的小旭，看到上面寫著：「警告！不可朝向人體發射，不可將煙火置於口袋中。」——（　　　　）

2. 容易皮膚過敏的小程，買東西總是要注意商品中是否含有有塑膠物質。——（　　　　）

3. 今年八歲喜歡玩益智桌遊的小毅，看到新款桌遊上寫著「建議十二歲以上孩童遊玩」，因此打消念頭。——（　　　　）

4. 在逛模型店的小哲無意間發現，模型的製造工廠就在自己家附近，因此興奮地跑去參觀。——（　　　　）

5. 在書局看到劍玉的小宇，因為不知道該怎麼遊玩，因此仔細研究了說明標示，最終成為班上的劍玉大師。──（　　　　）
6. 想要挑選〈鬼滅之刃〉玩偶送朋友的小杰，但因為沒看過該動畫，只能依照印象而看名字選擇。──（　　　　）

參考解答：1.F　2.C　3.D　4.B　5.E　6.A

　　蘿蔔刀的盛行同樣反應出了短影音平臺如「抖音」、「小紅書」等，已經悄無聲息地滲入[5]學生們的思想。影音平臺的影響力不容小覷[6]更不可忽視，但身為學生的使用者們，並未擁有足夠的判斷力能夠辨識網路影片中的真實性以及危險性，例如影片中拿蘿蔔刀刺人可能只是誇大，或是借位演出，甚至是為了追求流量，但學生們卻是不假思索[7]地認為合理，有樣學樣地在現實生活中用力對他人戳刺而造成傷害。日前鬧得沸沸揚揚的日本「壽司郎」事件，日本一名高中生在連鎖壽司店亂舔餐具拍攝抖音影片，讓壽司郎市值蒸發160億日圓（約等於36.8億元新臺幣）。高雄一間知名餐廳隨後表示店內禁止拍攝任何抖音影片，並且禁止抖音網紅入內用餐。

　　教育部日前通知各縣市教育局、學校留意「不適合學生身心發展的遊戲或物品」。關於蘿蔔刀被當作違禁品，也引起一陣關於校園違禁品的定義的討論，全國教師工會總聯合會理事長侯俊良認為，學生的鉛筆、美勞課用的美工刀、剪刀等，如果使用不當，都可能造成傷害，因此應該以教育宣導的概念處理，教導學生正確使用。如果是

---

[5] 滲入：比喻思想或勢力逐漸侵入或影響其他領域。
[6] 不容小覷：不能小看、輕視。
[7] 不假思索：不經過思考探求，立即做出反應。

玩具，要讓學生知道如何玩，避免危險，如果一味[8]禁止學生購買使用，會引起反效果，學生反而會因為好奇而更想買、更想玩，甚至背著教師、家長偷偷玩，禁止帶入校園就在下課回家後玩。他認為，回到教育概念，教導學生認識並學習正確使用，才是對他們最有利的方式。

許多文具不正確使用就可能有危險，例如美勞課有時會使用美工刀，教師會特別叮嚀，甚至在聯絡簿上提醒學生與家長，也要求只能當成美勞用具，如果拿來玩鬧可能會受傷。玩具不斷推陳出新，學校應該加強宣導，讓學生知道不屬於學習用品或安全有疑慮的，就不要帶來學校。

網路流行物品包羅萬象[9]，學校無法從根本上禁止，因此重要的是教導學生媒體識讀[10]的觀念，能自主判斷物品是否危險，以及學習如何使用。如果只是單純禁止特定玩具，以短影音的傳播速度，其實風潮一過，很快又會有新的產品推陳出新[11]。總是用管制的方式來對待孩子，終究防不勝防，無法讓孩子學習到保護自己與他人的方法。

在資訊不斷快速更新的年代，老師與家長真正應該做的，是透過理性的對話，嘗試去理解孩子。並且透過善意的溝通，讓他們理解與認識什麼是「危險」，如此一來，任何「玩具」與「短影音」才不會成為助長[12]暴力與危險的媒介[13]。

---

8 一味：總是、一直。
9 包羅萬象：內容豐富，應有盡有。
10 媒體識讀：判斷媒體內容的能力。
11 推陳出新：排除老舊的，創造出嶄新的事物或方法。
12 助長：幫助增長、壯大。
13 媒介：傳播時的工具或方法。

心智圖

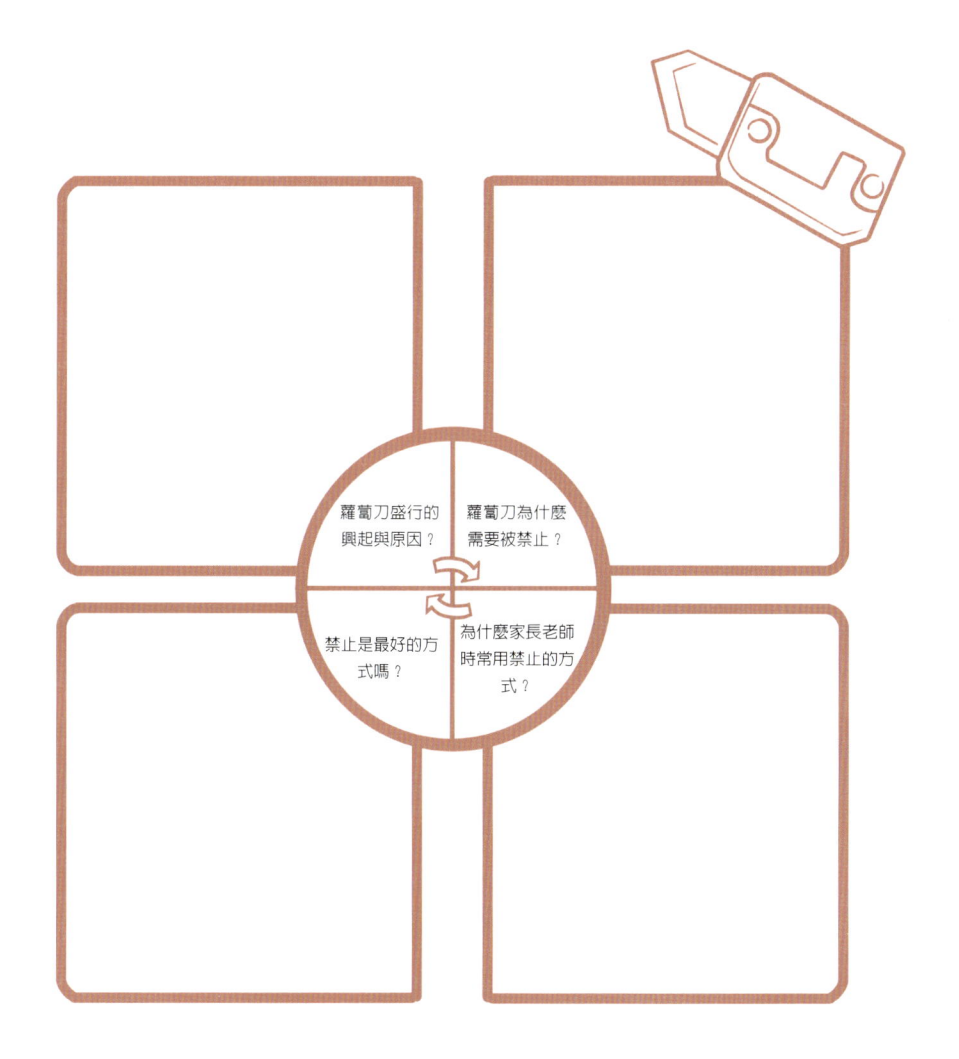

主題二／如果我是老師，我會禁止蘿蔔刀嗎？

- 蘿蔔刀盛行的興起與原因？
- 蘿蔔刀為什麼需要被禁止？
- 禁止是最好的方式嗎？
- 為什麼家長老師時常用禁止的方式？

課後學習：成語學習

代號	成語	意義
A	防微杜漸	在錯誤或壞事萌芽的時候及時制止，杜絕它發展。
B	天花亂墜	形容說話動聽，但多浮誇不切實際。
C	涅而不緇	喻本質之好，不受惡劣環境影響。
D	削足適履	比喻拘泥成例，勉強遷就，而不知變通。
E	風花雪月	指四時美好的景色。亦比喻浮華空泛的言情詩文。
F	茅塞頓開	比喻閉塞的心思，頓時豁然了悟。
G	圖窮匕見	比喻事情發展到最後，形跡敗露，現出真相。
H	完璧歸趙	比喻物歸原主。
I	暴虎馮河	比喻人做事有勇而無謀。
J	甕中捉鱉	比喻舉手可得、確有把握。

一起把剛剛學到的成語填入下面的框框中吧！

1. 你不要衝動，（　　　　　）不是明智的做法。
2. 竊賊最後逃入死巷中，警察逮捕他有如（　　　　　），手到擒來。
3. 這個問題已經困擾我甚久，如今聽了你的一席話，令我（　　　　　）。
4. 毒品對青少年身心的損害頗大，事先做好宣導，是（　　　　　）的作法。
5. 購物頻道的主持人將產品功能說得（　　　　　），企圖挑起顧客的購買欲。
6. 小義呼籲拿走他手機的同學要（　　　　　），否則要報告學校處理了。

7. 你無視於時代的改變，一味用過去的辦法來管理下屬，這是（　　　　）的做法。
8. 他表面對妳極力巴結，其實是包藏禍心，總有一天（　　　　），必定會對妳不利。
9. 他雖然成長於黑社會家庭，卻能（　　　　），依然保有善良純潔之心，非常不簡單。
10. 中國歷代文人才華洋溢，感情豐沛，即使是（　　　　）的題材，也能寫出意境深遠的詩文佳作。

參考解答：1.I　2.J　3.F　4.A　5.B　6.H　7.D　8.G　9.C　10.E

寫作練習

根據前段文章，請以「如果我是老師，我會／不會禁止蘿蔔刀」為題，完成一篇作文。

> 首段：說明事件概論，劃定討論範圍與目的，務必提出自己對問題的看法。

1. 概述近一段時間來爭論不休的議題「蘿蔔刀禁止風波」，有何因素引發大家對於蘿蔔刀安全風險的討論。
2. 寫明如果我是老師，我會禁止／不會禁止蘿蔔刀。

> 次段：承接第一段自己會禁止或不會禁止的立場，並且說明原由。

1. 若會禁止，則寫明如人身安全、材質、易影響上課秩序，並且將其歸類為校園違禁品。
2. 若不會禁止，則以每人對於「危險」的定義不同而下筆，寫明危險的定義太過主觀，每個人皆有不同看法，且危險是基於錯誤的

使用方法才會產生，如美工刀等例。

> **第三段**：轉而探討「禁止」是否是最佳方式，並且寫明自身看法。

1. 不論會禁止或是不會禁止蘿蔔刀，皆應提出此轉折，讓文章內容更豐富。
2. 針對玩具產品推陳出新，短影音平臺資訊日新月異，所以不應以禁止之方式，而是要教導以正確方式使用，並且一味禁止容易造成師生關係不佳。

> **末段**：結論，重申自己會不會禁止，以及若不「禁止」，如何防止問題發生。

1. 老師禁止之目的，是為了上課秩序、人身安全，但學生若能夠以正確方式使用並且不干擾上課秩序，是否不必用禁止的方式？
2. 身為學生的我們，應該要思考，如果想要一個更自由的上課環境，應該是要從自身開始要求，謹慎對待自己及他人。

範文：如果我是老師，我不會禁止蘿蔔刀

　　近幾個月來，臺灣社會對於中小學的流行玩具「蘿蔔刀」，有著此起彼落的討論。蘿蔔刀因為外型可愛、甩動起來紓壓，及其發出的「喀喀」聲響吸引人，從「抖音」平臺上爆紅，但其卻因安全性的問題，已經被許多學校禁止攜帶。而在這個議題上，我反對禁止蘿蔔刀。

　　家長、老師們因蘿蔔刀的外型設計，擔心學生模仿影片當中的動作，與他人在遊玩過程中危害人身安全，且若對著他人刺、捅，更會因此產生暴力的傾向，於是認定蘿蔔刀的

危險性。而危險的定義其實過於廣泛且主觀，老師以蘿蔔刀能刺穿紙張爲由，使不熟悉蘿蔔刀的家長恐慌，而禁止學生攜帶此玩具到校，但在學校中常見的美工刀，相較於蘿蔔刀而言的殺傷力則是過之而無不及。因此我認爲不論任何物品，只要以錯誤的方式使用，皆有可能造成危險。

　　若僅是禁止蘿蔔刀，抖音上的資訊日新月異，時刻都會有玩具推陳出新，在這種防不勝防的情形之下，我認爲老師及家長更應該要教導學生培養正確的價值觀，不受網路及他人的影響，對於每項用品都以正確的方式使用，如此方能眞正在意義上阻止危險的發生。而一味的禁止，同樣容易造成老師、家長與學生間的關係裂痕，因此，禁止絕對不是最佳的解決之道。

　　老師、家長時常以禁止的方式規範學生，目的皆是在希望學生能夠專心上課，並且維護人身安全，但若學生能夠自動自發的達成上述的前提，我們是否就能擁有遊玩蘿蔔刀的權利了呢？身爲學生的我們，應該要思考，若我們想要一個更加自由的上課環境、更加良好的師生關係，則必須從自己的日常生活開始要求，謹愼對待自己以及他人，成爲一個不讓人擔心的孩子。

作文練習

主題二／如果我是老師，我會禁止蘿蔔刀嗎？

寒暑假要不要「取消假期作業」呢？

課綱指標

國-E-A2 ➡ 過國語文學習，掌握文本要旨、發展學習及解決問題策略、初探邏輯思維，並透過體驗與實踐，處理日常生活問題。

國-E-A3 ➡ 運用國語文充實生活經驗，學習有步驟的規劃活動和解決問題，並探索多元知能，培養創新精神，以增進生活適應力。

寒暑假一向都是每位學生最喜歡的日子，在寒假、暑假約有一個月，甚至到兩個月的假期，這些時間不需要早早到學校上課，也不用擔心學校的小考、月考，更可以比平常上課日還要晚睡，哪個小朋友會不喜歡呢？

但是你是否有這個經驗，每當快接近開學時，就會慢慢有一個「不想面對」的焦慮感，除了是因為開學不再可以任性地晚睡晚起，更有一個重要原因，就是──「假期作業也要檢查了」。最後一個禮拜，小朋友們是不是有過這個經驗：在收假前，開始看老師派了什麼作業，並且開始沒日沒夜地趕工，最後在開學日才匆匆地把作業完成（甚至來不及完成），所以每次收假常常弄得心情十分沮喪，更因為作業被爸爸、媽媽指責。

那親愛的同學們，如果今天老天爺給我們一個「自己做決定」的機會，你會想要把寒暑假的假期作業取消嗎？還是你是覺得雖然作業很多、很煩人，但每樣作業都是有意義的，所以你想繼續保留呢？

以下請動動我們睿智的腦袋，幫老師想想「取消作業」分別有什麼好處與壞處吧！不管你是哪一邊的陣營，都幫老師想出五個理由，填在下方的表格：

取消假期作業的好與壞	
好處：	壞處：
1.	1.
2.	2.
3.	3.
4.	4.
5.	5.

參考解答：

好處：
1. 能拿來學習其他才藝
2. 能徹底讓身體放鬆與休息
3. 能多更多的親子時間
4. 能減少老師開學後的工作業務
5. 能培養自律的態度

壞處：
1. 會讓學生過度沉迷於遊戲
2. 會忘記學期中學到的知識
3. 會讓開學很難收心
4. 會忘記作為學生的本分
5. 會少了求知的管道

　　想完自己的理由，讓我們來看看古人怎麼說呢？（填寫支持或反對）

1. 俗語：「讀萬卷書，不如行萬里路。」
    →這句話較屬於（　　　　　）假期作業。
2. 麥克阿瑟〈麥帥為子祈禱文〉：「我祈求你，不要引導他走上安

逸舒適的道路，而要讓他遭受困難與挑戰的磨鍊和策勵。」

→這句話較屬於（　　　　　）假期作業。

3. 杜甫〈奉贈韋左丞丈二十二韻〉：「讀書破萬卷，下筆如有神。」

→這句話較屬於（　　　　　）假期作業。

4. 達文西〈論繪畫〉：「偶爾放下工作、放鬆一下是很棒的做法……等你回頭工作時，你對自己的判斷更有把握，因為持續工作會讓你失去判斷力。」

→這句話較屬於（　　　　　）假期作業。

5. 葛柏《7 Brains——怎樣擁有達文西的七種天才》：「幾乎沒有人聲稱自己是在工作時想出最棒的點子。」

→這句話較屬於（　　　　　）假期作業。

6. 俗語：「休息是為了走更長遠的路。」

→這句話較屬於（　　　　　）假期作業。

7. 郭沫若的對聯：「讀不在三更五鼓，功只怕一曝十寒。」

→這句話較屬於（　　　　　）假期作業。

8. 〈志氣〉電影經典臺詞：「所有的運動，都是往前衝刺爭取勝利，只有拔河，卻是要一步步的往後退。」

→這句話較屬於（　　　　　）假期作業。

參考解答：
1.反對　2.支持　3.支持　4.反對　5.反對　6.反對　7.支持　8.反對

另外根據〈ETtoday健康雲〉，2016年07月記者陳曼晴的新聞報導中提及「休息7好處」：

1. 可以使血壓下降，脫離緊張狀態
2. 短時間集中運動後休息，還能幫助減肥
3. 會靈光乍現
4. 其實會變得有效率
5. 有助於解決問題
6. 變得哲學
7. 會感恩當下

　　從中我們能知道，偶爾的放鬆，並不是放縱，適時地讓身體休息，可以更有精力地面對接下來的挑戰。

　　又或是根據中央社記者李宇政在2011年2月的報導，他談美國大聯盟道奇隊的棒球選手郭泓志：「經過一整年征戰，大部分投手在休季間會好好保護手臂，但郭泓志仍保持訓練。郭泓志就像臺必須一直發動的老車，保持訓練，他的關節接縫處會比停一段時間再訓練的負擔少。郭泓志若停下來的話，也許很難再次啟動。」從中我們可以知道，對於郭泓志這位棒球員來說，休息反而不是一件好事，他必須一直持續地保持訓練，否則一旦休息，他將很難再次回到以往球季中的強度。同理我們可以知道，讀書這件事情，若是完整的休息暑假兩個月或寒假一個月，也將可能在開學時不適應讀書的節奏，因此利用假期期間不間斷地保持讀書的感覺，那麼開學，我們也會更有好的狀態去面對迎面而來的考試。

其實透過以上兩則新聞我們能知道，不管同學們是選擇支持「假期作業」抑或反對「假期作業」，都是沒有絕對的對與錯的，這就是「思辨」有趣的地方。因為萬物一體而兩面「水能載舟，也能覆舟」任何事情都是有優點，也有缺點的。在「思辨」的課程中，最重要的就是要做到「支持自己的論點，也尊重別人的觀點」，不是「非我族類，其心必異」[1]，而是所有的論點，只要是「回答在題目上」，都是最好的論點。因此回到本單元主題——寒暑假要不要「取消假期作業」，不管你是哪一邊的陣營，請記得自己的論點，讓我們繼續往下看下去吧！

---

[1] 非我族類，其心必異：不是我們同族的人，他們必定不與我們同一條心。

心智圖

支持「取消寒暑假假期作業」

正方

1. 為什麼學校目前都會派「寒暑假假期作業」？
2. 寫「寒暑假假期作業」的缺點。
3. 如果不寫「寒暑假假期作業」的優點。
4. 感想與期許

反對「取消寒暑假假期作業」

反方

1. 為什麼學校目前都會派「寒暑假假期作業」？
2. 不寫「寒暑假假期作業」的缺點。
3. 如果寫「寒暑假假期作業」的優點。
4. 感想與期許

主題二／寒暑假要不要「取消假期作業」呢？

課後學習：六藝

　　相較於現今的作業都是從國語、數學、自然、英文、社會來派，以前的社會中，則不會有寫選擇題這種作業必須完成，那難道古代的學生都沒有作業要完成嗎？其實也未必，古代學生要做的事情也是很忙的，從《禮記》這本書記載，學生共有六門課程必須完成，分別是禮、樂、射、御、書、數，這也是我們常聽到的六藝，或是「通五經貫六藝」。

　　而這六門課程，是古代男子必須具備的六種能力，希望男子能文武雙全，能動也能靜。如同文的部分是禮、樂、書、數，分別是學習禮儀、懂得音樂、學會書寫、能夠算數，而武的部分則是要能拉弓射箭、駕馭馬車，若是六種能力都能有效精通，就能行走於貴族之間，不至於貽笑大方。

　　現在讓我們來完成下方的連連看吧，看你對「六藝」了解多少！

主題二／寒暑假要不要「取消假期作業」呢？

禮

樂

射

御

書

數

103

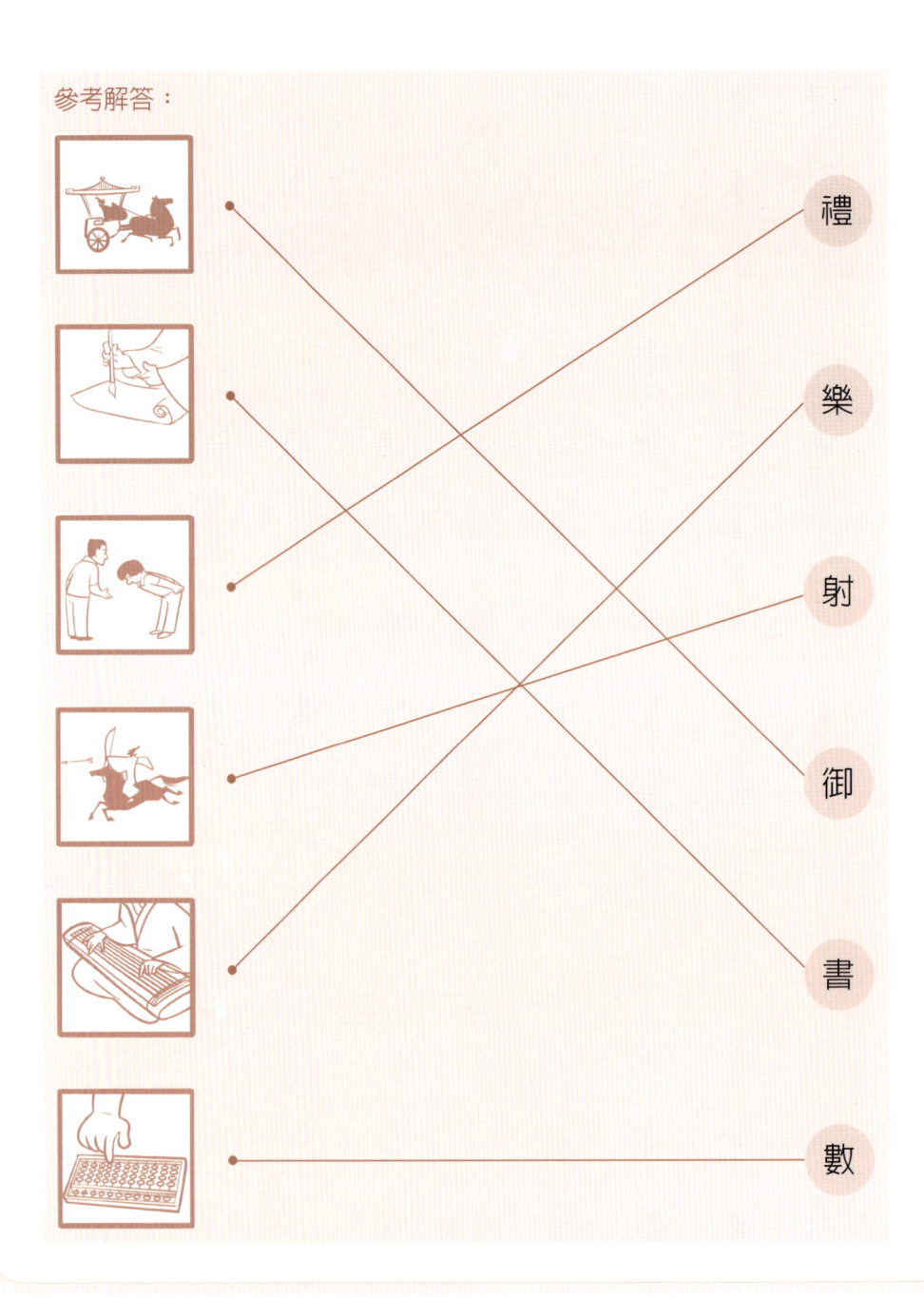

參考解答：

- 御
- 書
- 禮
- 射
- 樂
- 數

成語學習：跟「放假」有關的成語

1. 跟心情相關的
   (1)喜不自勝：形容喜悅到難以克制的地步。
   (2)心花怒放：形容極其高興，彷彿心中的花盛開綻放。
   (3)樂而忘返：形容沉迷於某種場合，因而捨不得走。
   (4)樂不思蜀：指三國時代蜀後主劉禪投降司馬昭後，被安置在洛陽，過著愉快的生活，因而快樂到不想回國。
   (5)意猶未盡：形容心情愉快，對於事情還沒有盡興。
2. 假期太快結束相關的
   (1)白駒過隙：指快馬從縫隙一下子就奔馳過去，比喻時間過得很快。
   (2)電光石火：指如同電光或石頭碰撞的火苗，一下即消失，比喻事物過得很快。
   (3)日月如梭：指太陽和月亮的交替運行，就像織布的梭子，來回不停地穿梭。比喻光陰過得很快。
   (4)稍縱即逝：指稍微一放鬆就消失了，形容時間或機會等很容易就過去。
   (5)彈指之間：指打一個響指的時間，比喻時間極為短暫。
   (6)轉瞬之間：指一眨眼的時間，比喻時間的短暫。

寫作練習

　　新的時代來臨，相比過往較為傳統高壓的校園生活，不管是髮禁還是衣服穿著，甚至是上學時間都必須一分不差地準時，更不用說去討論「作業」能不能「取消」這件事。但新的時代，從高中的學長姐

開始，已經慢慢地通融可以晚一點再到學校，衣服也不再這麼嚴謹的規定，可以預見未來的校園，「假期作業」也將成為能討論的範圍，不再是不能說出口的禁令。

請以「寒暑假要不要取消假期作業」為題，寫下你對這個事件的心得，並說出你的看法。（文長需多於500字）

【寫作提示】

第一段

1. 說出你對假期作業的看法
2. 敘寫你平常假期作業都是拖到最後一刻才寫，還是都會分配時間完成。
3. 帶出「想保留作業」或「想取消作業」的結論。

第二段

1. 「保留作業」或「取消作業」的好處有哪幾項？
2. 是你自己的想法，還是有相關的古今中外名人也這麼認為？

第三段

1. 反過來思考，「保留作業」或「取消作業」也可能會有哪些負面的效果？
2. 要怎麼從負面效果中，兼顧你的論點與立場？

第四段

1. 總結二、三段，給出適宜的做法。
2. 從中引導出事情「一體兩面」的評斷，並進而落實反省在日常生活當中。

範文：寒暑假要不要取消假期作業呢

每到寒暑假就是我們學生最快樂的時間，難得可以恣意地熬夜，不需要擔心隔天睡過頭；難得可以不用寫回家作業，不用擔心隔天老師的怒髮衝冠；難得可以在家吃母親的料理，不用擔心隔天營養午餐又有三色豆。這一切的一切，都令人翹足引領，無不期待寒暑假快點到來，甚至每天都是寒暑假，我們也樂此不疲。但在如此快樂的假期中，還是有位大魔王成了大家的心腹大患，那就是——假期作業。我常常都是等到開學的前一個禮拜才想到有作業要完成，那幾天都令我如坐針氈，卻渾身提不起勁，沒有動力打開作業，最後才有爸爸、媽媽通力的「協助」之下，勉強在六日完成作業。所以如果可以選擇，我真想取消假期作業。

原因很簡單，俗話說：「休息是為了走更長遠的路。」既然是假期，就應該讓我們可以徹底地放鬆我們的身心，不再被作業的壓力給折磨。試想，平常在學校每天都有作業了，有補習的同學甚至連補習班也都會派作業，那加在一起，簡直痛不欲生，艱難困苦。如果沒有一段完整的休息時間，我覺得身為學生的我們會疲於奔命，力有未逮。另外我覺得「壯遊」也是很重要的，平常上學日，很難有機會可以安排一段長時間的旅遊，只能以「案頭之山水」為伍，但寒暑假的假期，若能拋開作業的壓力，我們能有了更多「壯遊」的時間，能盡情享受「山水之文章」，所以在假期中，應該讓我們學生多出去走走，而不是被綁在書桌被一道道試題壓得喘不過氣，這才更有意義。

但是若不派假期作業，我相信也會有部分的同學將寒暑假拿去宰予晝寢或遊手好閒，甚至沒有自制力或不懂得規劃生活的人，更可能虛度光陰或玩日愒歲，這也是本末倒置的不好狀況。像是我家對面的鄰居，每次問他暑假要去哪裡，他都說他要去手遊的世界，常常熬一整個通宵，變成白天睡覺，到了晚上又睡不著，繼續地沉迷在遊戲中，最後變成一個負向的循環，到了開學反而看他作息調整不回來，常常利用上課時間睡覺，最後被老師罵得狗血淋頭，想想也真是得不償失。所以假期作業對於一些沒有自制力的同學就會是相對好的良藥，讓他們多了一些課題要做，才不會終日沉迷在遊戲中無法自拔。

所以我覺得比較合理的做法應該是「個別作業」，如果學生可以自己規劃自己的假期，在準備放寒暑假之前，可以提出一份自己假期的書面資料向老師申請，若是申請通過，寒暑假則是完成那些書面資料的內容就好，不必跟著同學一起寫學校規劃的作業；然而若是沒想法或規劃不恰當，也必須按照老師指派的內容，不得有異議，這就能兼顧這個議題的優缺點，不會造成反效果。另外我也從這個議題了解，每件事都是一體兩面的，我們必須用客觀理性的角度端看事情的全貌，才不會只看到對自己有利的一面，忽略這個事情背後的問題點，最後變成盲目的人。

作文練習

主題二／寒暑假要不要「取消假期作業」呢？

作文素養就是這樣養成的

主題三
生活也是一種寫作

新聞上寫的,一定是真的嗎?

課綱指標

國-E-B1 ➡ 理解與運用國語文在日常生活中學習體察他人的感受,並給予適當的回應,以達成溝通及互動的目標。

國-E-C2 ➡ 與他人互動時,能適切運用語文能力表達個人看法,包容與理解不同意見,樂於參與學校及社區活動,體會團隊合作的重要性。

同學們,大家是否有「收看新聞」的習慣呢?

在這個眾人都習慣收看「短影片」的時代,各式各樣的電影、影集、動畫經過剪輯後,被廣泛地放到各社交平臺上。例如:臉書上的Reels短片功能[1],每支影片的長度設定在3至60秒鐘,以往收看一支15分鐘影片的時間,現在至少可以看到15支不同內容的短片!當然,新聞媒體也搭上了這股熱潮。

> 你有收看短影片的習慣嗎?
> □有,我都在 ＿＿＿＿＿ 收看。最常看的是 ＿＿＿＿＿ 。
> □沒有,因為 ＿＿＿＿＿ 。

參考解答:有,我都在抖音(TikTok)上收看。最常看的是跳舞的影片。
　　　　　沒有,因為父母不讓我使用手機和電腦。

讓我們先弄清楚一個問題:究竟什麼是「新聞」?

說來可能讓同學們很意外,早從大家耳熟能詳[2]的詩仙李白、詩聖杜甫大展身手的唐朝開始,就已經有出現「新聞」這個詞彙了——唐朝官員孫處玄曾說:「恨天下無書以廣新聞。」唐末的詩人李咸用有〈冬夕喜友生至〉、〈春日喜逢鄉人劉松〉詩,都曾經提到「新聞」一詞。姚福申《中國古代官報名實考》稱「唐代在宣宗以後是有朝報的,至於以前是否有,尚需史料進一步證實。」

---

[1] Facebook上的Reels是一種影片格式,可搭配音樂、音訊、AR特效和其他選項。如果創作者選擇在Facebook上進行推薦,則使用者也可以在Instagram上瀏覽公開的連續短片。系統會根據內容與使用者切身相關的程度來推薦連續短片,且可能會顯示在使用者的動態消息和「影片」等位置。

[2] 耳熟能詳:聽得非常熟悉,而能詳盡地知道或說出來。

宋朝時也有類似現代新聞的「邊報」、「朝報」，用以記錄當時所發生的大小事。總而言之，新聞並非近代才出現的產物，而是從古至今、歷時已久的存在。

而需要構成所謂的新聞，有六項要素是不可或缺的：

1	人物（Who）
2	時間（When）
3	地點（Where）
4	事件（What）
5	事件發生的原因（Why）
6	事件發生的原因（How）

以上有時也被稱作「5W+1H」理論。

同學們，是不是覺得以上的要素有些似曾相識呢？學習過寫作文的同學一定不陌生，這同時也是寫作時很重要的元素。

那麼，再回到我們標題所提的問題，只要具備以上要素的新聞，所傳達的內容一定就是真的嗎？

3　不可或缺：必須，不能缺少。
4　似曾相識：好像曾經看過，對所見的人、事、物感覺熟悉。

假新聞

就字面上解釋，「假新聞」就是「不真實的新聞」，通常指的是媒體捕風捉影[5]、刻意捏造出沒有事實根據的新聞。這類型的新聞一般會有以下的特色：

1. 釣魚式標題

又稱作「誘餌式標題」，指故意用誇張、聳動的標題或是圖片，吸引讀者點擊觀看文章、影片或貼文，特別是蓄意使用和內文完全無關或是相關性極低的文句作為標題。

例如：某報導標題「驚呆！某某幼兒園慘案，孩子直接從三樓被扔下」，事實是該幼兒園不幸發生了火災，而教師在消防員的協助下將學員們拋下氣墊，以拯救孩子們的生命。

這本來是一樁危機處理的事件，卻被刻意使用了「慘案」、「扔下」等聳動的字眼，造成不必要的誤會。

同學們，你是否也有類似的經驗？看到影片或文章的標題令你非常有興趣，結果點開以後內容和你想的並不相同？如果有，那你就是中了「釣魚式標題」的陷阱！請分享自身經驗。

我曾經在　　　　　看過

參考解答：
我曾經在IG上看過，標題是「超派！美女互毆，一人當場頭破血流」，結果點進去發現是女子格鬥賽的影片。

---

[5] 捕風捉影：比喻所做的事或所說的話毫無根據，憑空揣測。

2. 有偏見的新聞

　　某些媒體本身具有特定的立場，針對與其立場不同的對象，在報導時容易產生偏見，或是先入為主⁶的情形。

　　例如：A美妝集團出資辦了A報紙，在新聞中大量地吹捧自家公司的產品、誇大其效果，讓讀者產生錯誤的認知。

3. 讀者難以到現場考證

　　新聞讀者有時無法親自到達現場，因此無法判斷究竟新聞的內容是否真實。在這樣的基礎下，某些媒體刻意捏造的「假新聞」就會對讀者造成巨大影響。

　　例如：新聞媒體報導印度發生饑荒，大多數的讀者並沒有辦法直接到印度求證是否真的有發生該事件，只能仰賴記者的敘述。

　　那麼，面對五花八門⁷的新聞，我們究竟該如何判斷真偽呢？

　　香港新聞工作者區家麟提出識別假新聞的幾點基本步驟，同學們可以作為參考：

設立預警系統	看到聳動的標題或圖片，請先保持懷疑的態度，不要輕易地相信。
訊息源頭要清楚	判斷來源的可信度──若是資料來源不明，或是出自不知名的媒體，很有可能就是假新聞。
不要只看標題	在轉發給他人之前，務必確認內容和標題是否相符，以免成為散布假新聞的幫凶。

6　先入為主：將最早聽見的說法當做是正確的，而不願做任何的改變。
7　五花八門：比喻花樣繁多，變化多端。

留意評論	可以參考其他讀者的留言，確認內容是否可信。
留意日期	留意報導日期，有可能是之前的舊新聞，但被蓄意操作搭上目前社會事件的風潮。
搜尋相片	利用Google圖片搜尋──媒體可能故意用以前的照片搭配目前的事件來混淆讀者。
有片未必有真相	新聞的影片大多經過剪接，要多方比較才能判斷片段前後發生什麼事。千萬不要只看某家媒體的影片就認定事情的真相。
調查及統計數據要細心讀	避免統計資料誤用
小心斷章取義[8]	要留意前後文，以及人物言行是否被刻意扭曲原意。

　　同學們亦可善用「臺灣事實查核中心」，來確認自己收到的資訊，是否為假新聞！

臺灣事實查核中心：簡稱TFC，是臺灣的事實查核非營利組織，2018年4月19日由臺灣媒體觀察教育基金會與優質新聞發展協會共同成立。
網址：https://tfc-taiwan.org.tw/

我在網路上看到了一則新聞，內容為＿＿＿＿＿＿＿＿＿＿＿＿
查核成果：此報導□是　□不是假新聞。若是，它屬於＿＿＿＿

8　斷章取義：指截取文章或談話中的某一段落，而不顧整體內容的原意。

參考解答

我在網路上看到了一則新聞,內容為「川普爆料911是假的」。

查核成果:此報導是假新聞。它屬於剪輯、扭曲原始談話脈絡。

主題三/新聞上寫的,一定是真的嗎?

119

作文素養就是這樣養成的

我是小記者

同學們，請運用我們前面提到的「5W+1H」理論，再加上「客觀的敘述」，完成一篇新聞報導！完成後，請大家輪流上臺分享，並請你觀察其他同學的報導，寫下心得。

參考解答：

　　記者杜小傑於臺南報導：今天上午10點左右，於學校門口有一名綠衣的男子，因為闖紅燈而遭到開藍色敞篷車的駕駛撞擊，綠衣男子因此被撞飛，旁觀者皆震驚不已，十分驚險。

我的報導：
_____
_____
_____

聽了_____同學的分享，我認為他的報導屬於／不屬於假新聞，
因為_____

主題三／新聞上寫的，一定是真的嗎？

心智圖

一、簡述現今流行的媒體：

二、舉生活中的例子：

三、如何防範假新聞？

四、你學到了什麼？

課後學習：誇飾修辭

　　所謂的誇飾，就是將客觀之人、事或物的特點，透過主觀的意識，故意用誇大鋪張地渲染與鋪飾描述的手法，使它與真正的事實相差很遠，以加深讀者的印象。

依內容來區分，可以分為空間、時間、物象、人情與數量五種：	
空間	1.「黃河之水天上來，奔流到海不復還。」（李白〈將進酒〉） 2. 你要是再囉唆，我就一腳把你踹到外太空。
時間	1.「朝辭白帝彩雲間，千里江陵一日還。」（李白〈早發白帝城〉） 2. 我想了很久，我決定——要愛你一萬年。
物象	1.「忽有龐然大物，拔山倒樹而來。」（沈復〈兒時記趣〉） 2. 今年的夏天格外炎熱，外頭的高溫一下子就把我體內的水分蒸發乾淨。
人情	1.「出師未捷身先死，長使英雄淚滿襟。」（杜甫〈蜀相〉） 2. 聽到朋友被人詐騙的消息，她氣得怒髮衝冠[9]，恨不得將對方碎屍萬段。
數量	1.「千山鳥飛絕，萬徑人蹤滅。孤舟簑笠翁，獨釣寒江雪。」（柳宗元〈江雪〉） 2.「千呼萬喚始出來，猶抱琵琶半遮面。」（白居易〈琵琶行〉）

[9] 怒髮衝冠：憤怒得頭髮直豎頂起帽子。形容盛怒的樣子。

練習題

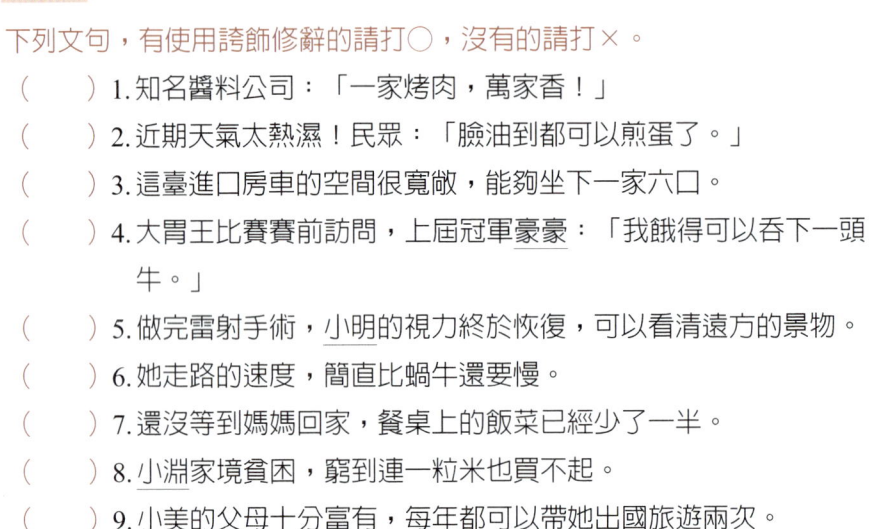

下列文句，有使用誇飾修辭的請打○，沒有的請打×。

(　　) 1. 知名醬料公司：「一家烤肉，萬家香！」
(　　) 2. 近期天氣太熱濕！民眾：「臉油到都可以煎蛋了。」
(　　) 3. 這臺進口房車的空間很寬敞，能夠坐下一家六口。
(　　) 4. 大胃王比賽賽前訪問，上屆冠軍豪豪：「我餓得可以吞下一頭牛。」
(　　) 5. 做完雷射手術，小明的視力終於恢復，可以看清遠方的景物。
(　　) 6. 她走路的速度，簡直比蝸牛還要慢。
(　　) 7. 還沒等到媽媽回家，餐桌上的飯菜已經少了一半。
(　　) 8. 小淵家境貧困，窮到連一粒米也買不起。
(　　) 9. 小美的父母十分富有，每年都可以帶她出國旅遊兩次。
(　　) 10. 大雄的成績很差，五個科目加起來還不到三百分。

參考解答：
1. ○　2. ○　3. ×　4. ○　5. ×　6. ○　7. ×　8. ○　9. ×　10. ×

課後練習：成語小教室

	成語	意義
A	耳熟能詳	聽得非常熟悉，而能詳盡地知道或說出來。
B	不可或缺	必須，不能缺少。
C	似曾相識	好像曾經看過，對所見的人、事、物感覺熟悉。
D	捕風捉影	比喻所做的事或所說的話毫無根據，憑空揣測。
E	先入為主	將最早聽見的說法當做是正確的，而不願做任何的改變。

	成語	意義
F	五花八門	比喻花樣繁多，變化多端。
G	斷章取義	指截取文章或談話中的某一段落，而不顧整體內容的原意。
H	怒髮衝冠	憤怒得頭髮直豎頂起帽子。形容盛怒的樣子。

練習題

請將適當的代號填入以下的文句。

(　　) 1. 〈小星星〉是一首大家□□□□的兒歌，幾乎人人都會唱。

(　　) 2. 與人對話的時候，心裡所有□□□□的觀念都會影響溝通結果。

(　　) 3. 社會上多的是喜歡□□□□，造謠生事的人。

(　　) 4. 若要成功打進決賽，劉川豐絕對是□□□□的隊員。

(　　) 5. 這家專賣店所陳列的女鞋□□□□，應有盡有。

(　　) 6. 我們雖是第一次見面，卻有種□□□□之感。

(　　) 7. 這篇論文他只看了幾頁，就□□□□地批評，不足為取。

(　　) 8. 聽到這種荒唐的事，連脾氣最好的周助也氣得□□□□。

參考解答： 1. A　2. E　3. D　4. B　5. F　6. C　7. G　8. H

寫作練習

　　經過上述的說明與練習，大家是否對於「假新聞」有更深的認識了呢？請你以「拒絕假新聞」為題目，敘述你在生活中聽聞假新聞的經驗，並說明要如何預防？文長不限。

【寫作提示】

第一段
1. 可以先簡單敘述目前流行的媒體形式（如短影音）。
2. 帶出短影音可能會造成的問題。

第二段
1. 提出「假新聞」氾濫的問題。
2. 可以分享自己生活當中的經驗。

第三段
說明如何防範「假新聞」，可以選2-3項加以敘述。

第四段
從這個題目當中，你學到了什麼？未來可以如何應對相關的議題？

範文：拒絕假新聞

　　打開手機的社交軟體，映入眼簾的是大量的短影音，其中有各式各樣的影片——跳舞、唱歌、跑酷，當然也包含新聞。然而，在短短的一分鐘內，我們真的能夠理解事情的真相嗎？

　　「假新聞」的氾濫，已經成了十分嚴重的問題。家族的群組、與朋友的對話框，時常會看到聳動的新聞標題。有些親友甚至沒有完整看完內容，就直接針對標題的文字大放厥詞。曾經有一次，我看到群組裡有位長輩貼了一則新聞，標題為「大劫日！大量蒙面少年攻佔臺北街頭，攔路搶劫」。

底下有幾位叔叔和阿姨則開始批判現在的年輕人不上進、政府不作為、經濟不景氣……等等。結果我點進去一看，發現內容竟然是兩年前的萬聖節活動。記者故意用誇張的標題吸引讀者協助散播，真的十分不可取。

在這樣的時代，我們該如何分辨新聞的真偽呢？有位香港的新聞工作者曾經提出一些做法，例如：要完整看完內容、注意消息來源、留意底下留言評論……等等。而我認為，最重要的一點就是面對五花八門的消息，我們必須永遠保有求證的心，不要輕易地掉入陷阱之中。在確認內容的真偽以前，更不應該隨意地轉發，以免成為散布假新聞的幫凶。

在這個資訊迅速流通的世代，我們身為其中一分子，更應該時時注意身邊的大小事，多關心這個社會，不要過於冷漠，對於所有事物都保持好奇與查證的心，讓我們一起拒絕假新聞！

作文練習

作文素養就是這樣養成的

主題三／新聞上寫的，一定是真的嗎？

跟著漫畫「趣」旅行

課綱指標

國-E-A1 ➡ 認識國語文的重要性，培養國語文的興趣，能運用國語文認識自我、表現自我，奠定終身學習的基礎。

國-E-A3 ➡ 運用國語文充實生活經驗，學習有步驟的規劃活動和解決問題，並探索多元知能，培養創新精神，以增進生活適應力。

國-E-B3 ➡ 運用多重感官感受文藝之美，體驗生活中的美感事物，並發展藝文創作與欣賞的基本素養。

作文素養就是這樣養成的

　　這幾年，日本的「動漫」紅透半邊天，走在街頭巷尾，都能聽見男女老少在討論當下的爆紅作品。例如大人小孩都愛的《鬼滅之刃》，令人熱血沸騰的《咒術迴戰》，都能在全世界引起空前絕後[1]的話題。而今天，就讓我們透過漫畫，一起徜徉[2]世界，一起「趣」旅行吧！

> 近期的熱門動漫真的非常多，你們有看過那些呢？如果有的話，請寫下你最喜歡的一部，並簡單地描述它吧！
>
> _____
> _____
> _____
> _____

參考解答：
我最喜歡的動畫是《鬼滅之刃》，我最欣賞的是主角炭治郎，雖然炭治郎大部分的家人都被鬼殺害，只剩下他和妹妹，但是他依然沒有放棄希望，努力鍛鍊自己成為一位優秀的鬼殺隊隊員，到處行俠仗義為其他地方的居民消滅惡鬼。

　　你對旅行的定義是什麼呢？是放鬆，還是學習？一定要出國才能叫旅行嗎？還是跟朋友一起到隔壁市區也能算旅行呢？
　　其實，旅行很簡單，只要你有一瓶水，一些零用錢，加上一顆遇

1　空前絕後：比喻超越古今，無與倫比。
2　徜徉：安閒自在的徘徊。

到任何困難都堅持不懈[3]的心,到哪裡都可以是旅行!

　　《搖曳露營△》是近年相當火的露營漫畫,故事描述露營中的知識、野炊等戶外活動的魅力和以此作為娛樂的女高中生的溫和日常生活。漫畫標題末端的「△」是代表露營帳篷的象形符號。各位同學發現了嗎,「露營」原來也算一種旅行!對大部分的同學來說,可能要坐飛機、火車,或是住進大飯店,才能算旅行。但漫畫中的主角們只是高中生,他們憑著一個裝滿物品的背包,每週都會徒步跋山涉水[4]地走到深山紮帳篷,並一起體驗露營的美好。

　　「一起去露營很高興,但一人去露營也同樣愉快」一個人旅行也可以獲得很多樂趣。誰說旅行一定要結伴呢?一個人旅行並不孤獨,你可以享受僅在獨自活動的時候才能擁有的寧靜,以自己的步調享受旅行過程中所經歷的一事一物。

[3] 堅持不懈:堅守到底,絕不鬆懈。
[4] 跋山涉水:形容走長遠路途的艱苦。

對你來說，旅行的種類有哪些？若是讓你一個人去露營，你會想怎麼規劃呢？

行前準備

1. 露營裝備（地墊、睡袋等）：

2. 盥洗衣物類：

3. 吃飯用具（食材、瓦斯爐等）：

4. 其他：

行程規劃

第一天（娛樂行程、風景……）：

第二天（賦歸感想……）：

參考解答：

1. 又大又軟的地墊，以及冬暖夏涼，上面印有卡通圖案的可愛睡袋。
2. 我最喜歡的帽T和帥氣風格的牛仔褲，當然也不會漏掉牙刷日常用品。
3. 火鍋料、豬肉、牛肉、鍋子、瓦斯爐、碗盤。
4. 當然還要帶上最喜歡的卡通玩偶，這樣我晚上睡覺才睡得著！

第一天：前往機場→中午抵達西安→吃水盆羊肉當午餐→下午到回民街逛街→晚上去參觀大唐不夜城

第二天：攀登華山→下午的飛機回家→有得吃又有美麗的風景，真是愉快的旅程！

　　做好旅行的準備之後，下一個重要的事情就是好好欣賞沿途的風景。在漫畫《殭屍100》中，每到達日本一個縣市，主角們就會去體驗當地的文化特色。例如到北海道才能真正的享受到在冰天雪地中滑雪的樂趣，喜歡古廟的人可以到奈良實地走訪，或是去青森泡溫泉、大啖當地多汁便宜的蘋果。

　　世界各國也都有各自的人文特色，韓國的炸雞與泡菜、美國的速食文化、法國的藝術景點、瑞士的壯麗冰川、挪威神祕的極光、中國的千年古蹟……，這些都是我們旅行到當地，可以充分體驗的樂趣。甚至不用出國，只要去一趟隔壁縣市都能感受到不同的特色。但是同學們請注意，不同的文化可能有不同的禁忌，出國前一定得好好的查詢相關資料，以免冒犯到當地人喔！

各國禁忌事項：
1. 英國：不可亂比「Yeah」，V手勢手掌向外，手背向自己，代表「和平」之意；反之就如同比「中指」帶有辱罵之意。
2. 智利：不要用手拿著食物吃，智利人可是非常重視吃東西的禮節，吃薯條也要用叉子吃哦。
3. 巴西：不要比OK手勢，這手勢在當地有冒犯無禮的意味。

5　大啖：大吃一頓。

主題三／跟著漫畫「趣」旅行

4. 韓國：付款時，別將錢放在櫃檯桌上或物品上，因為有「乞討」之意。
5. 日本：穿著日本傳統服飾可要特別注意！正確穿法「由左向右」，若是「由右向左」掩衣襟，可就變成往生者的穿法呢。

你還知道哪些國家的特色或是禁忌嗎？寫下來吧！

參考解答：
印度：不能在別人面前拆禮物。
意大利：給小費不禮貌。
泰國：不能隨意撫摸別人的頭。

　　同學們，現在請閉上眼睛，想像一下，你現在身處最想去的國家當中，全身的肌膚都在感受著當地的吹拂，耳中傳來的是你聽不懂的語言，鼻間充滿你不曾聞過、只有這個國家才有的氣味。身旁外國人的長相，在你想像中是什麼樣子呢？當地國家的美食，嘗起來如何？風景美不勝收[6]嗎？

　　好了，請張開眼睛，現在，試著把剛剛感受到的給描寫下來，並畫出來吧！

---

[6] 美不勝收：形容美好的事物太多，無法盡收眼底。

主題三╱跟著漫畫「趣」旅行

參考解答：

1. 最想去的國家……（地理位置、氣候如何、為何想去）

137

2. 當地的文化……（長相差異、語言溝通、宗教信仰）

3. 當地特色……（食物風格、穿搭時尚、建築特色）

4. 當地風景……（想像中，當地的風景該是如何？）

參考解答：

1. 日本，氣候宜人，而且我喜歡日本文化。像它們的音樂跟食物我都非常感興趣！
2. 他們也是黃種人，但非常有禮貌，雖然英文不太好，但溝通應該沒有問題。
3. 我喜歡吃生魚片和日式丼飯，天婦羅也很美味。而且他們的宗教鳥居也很簡約漂亮。
4. 我看過影片中的北海道，一片雪白的世界令我非常興奮！

　　當你與家人或是朋友，一起走過這趟旅程，最後留在你心中的，會是美好的過程，還是不捨的結尾呢？旅行的意義究竟是什麼呢？在品嚐完美食、欣賞完美景，甚至是旅行結束後，我們究竟會得到什麼？

主題三／跟著漫畫「趣」旅行

　　《葬送的芙莉蓮》是這幾年最紅的動漫，故事背景設定於存在著魔法與奇幻生物的虛構世界，講述勇者一行人打倒魔王之後，主角團中精靈魔法使芙莉蓮的故事。在結束主角的旅程過後，勇者便壽終正寢[7]。他的逝世讓芙莉蓮感到懊悔沒有趁他活著的時候更了解他，也讓一直對「馬上就會死掉」的人類漠不關心[8]的芙莉蓮開始想要更了解人類的感情，從此踏上自我救贖之旅，而這就是她旅行的意義。

　　同學們，發現了嗎？原來旅行不僅僅限於出國、露營，不限於美食、美景，旅行的「意義」也是其中一個重要的部分！主角芙莉蓮不在乎結果如何，她踏上這段旅程的目的只是為了重溫一次這段過程，想重拾過去的回憶，懷念她的同伴。

　　只要留心，即使是簡單的放學回家的短短路途，也可以是一趟充滿驚奇的旅行。作文課的時候，來跟老師分享你在旅行中的所見所聞吧！

我的旅行志願序

　　請依下面七項旅行考慮的因素，來為你的行程做一次完美的規劃，並寫寫看為什麼你想要這樣安排（請在順序欄位填入1-7，數字越小代表越重要，是你規劃行程的時候最優先考慮的事）。

---

[7] 壽終正寢：
　1. 男子享盡天年，在家中自然死亡。
　2. 比喻事物的消亡。
[8] 漠不關心：指冷冷淡淡，不加關心。

順序	考慮因素	內容
	旅伴	你想要跟誰去結伴旅行?家人還是朋友?
	風景	旅途中的所見所聞,看到的任何風景
	旅行方式	開車、騎單車或是靠雙腳走天下!
	旅行花費	所有的旅程都是需要花錢的,衡量一下自身的預算
	安全程度	前往安全的旅遊目的地不但令你玩得開心,更要玩得放心
	旅行過程	旅行中遇到的人事物,發生了令你永生難忘的事
	旅行結果	是值得還是後悔?在一次你還會準備這次旅行嗎?

我會這樣安排是因為……

課後學習：旅遊小學堂

同學們，你對於各個地方的文化特色了解多少呢？請試著把各個地方和它的文化特色連連看吧！

臺灣

1. 國內擁有聽說月球上看得到的巨大建築物

日本

2. 四面環海，擁有非常多特色景觀和豐富的人文小吃

中國

3. 自由的象徵，擁有相當多壯觀的國家公園

美國

4. 紳士是其代表，城堡是國內的特色建築

5. 合掌村是國內重要的世界文化遺產

英國

參考解答：

1. 國內擁有聽說月球上看得到的巨大建築物
   中國的萬里長城，是中國古代為了抵禦外敵的侵襲，在西北方所修築規模浩大的城牆。

2. 四面環海，擁有非常多特色景觀和豐富的人文小吃
   臺灣，東南西北都有各自的海岸景觀，且號稱亞洲的美食王國，小吃應有盡有。

3. 自由的象徵，擁有相當多壯觀的國家公園
   美國，因為有許多來自世界各地的移民，因此又被稱為文化大熔爐。

4. 紳士是其代表，城堡是國內的特色建築
   英國，光北英格蘭就有70多座城堡，從以往的軍事用途已漸漸轉為觀光勝地。

5. 合掌村是國內重要的世界文化遺產
   日本，合掌屋指一種日本特有的民宅形式，它的特色是以茅草覆蓋的屋頂，呈現人字型的屋頂就好像雙手合十一樣，於是就被稱為「合掌」，以日本白川鄉最知名。

心智圖

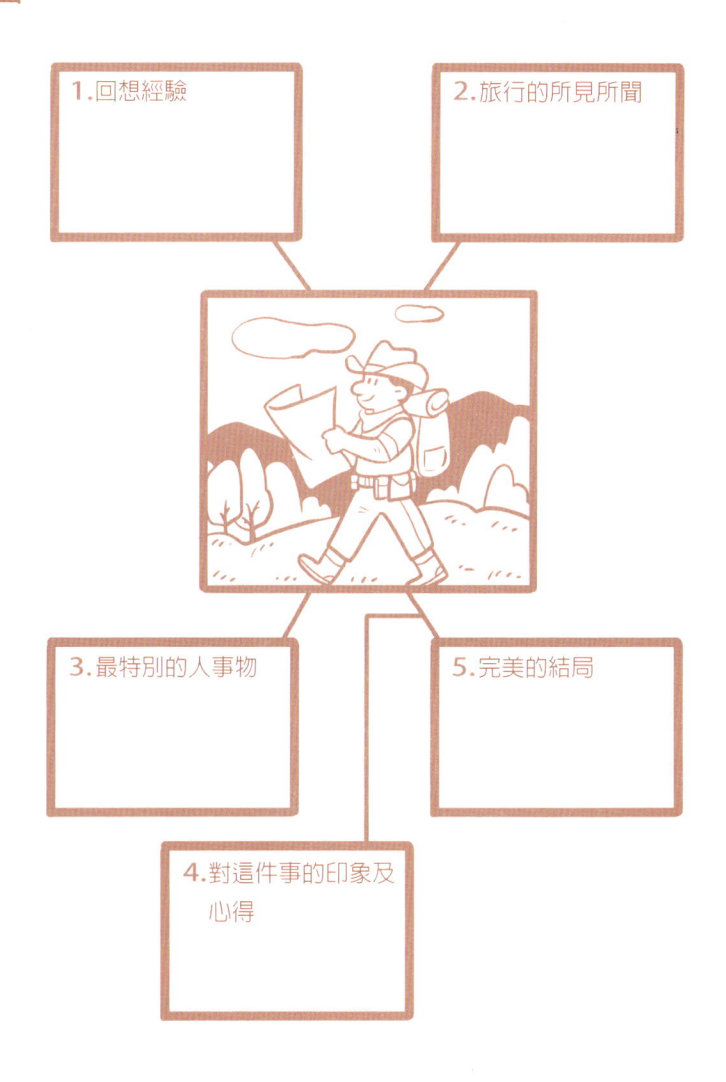

1. 回想經驗

2. 旅行的所見所聞

3. 最特別的人事物

4. 對這件事的印象及心得

5. 完美的結局

主題三／跟著漫畫「趣」旅行

課後練習：成語小教室

代號	成語	意義
甲	山清水秀	形容山水秀麗，風景優美。
乙	大煞風景	損傷美好的景致。比喻敗壞興致。
丙	風塵僕僕	比喻旅行艱辛。僕：走路勞累的樣子。
丁	包羅萬象	形容內容豐富，應有盡有。
戊	日行千里	每天跑千里之遠。形容速度快捷。
己	流連忘返	貪戀沉迷而不願離去。

一起把剛剛學到的成語填入下面的框框中吧！

1. 日月潭的風光秀麗，曾讓無數遊客（　　　　），讚嘆不已。
2. 聽到了遠方的盟友遭遇敵人入侵，李將軍帶著騎兵團（　　　　），火速趕往救援。
3. 他去過很多地方旅行，見識了許多，每次和他聊天，我們的對話內容（　　　　），像是地理、氣候、文化、社會議題等等。
4. 連綿的山水，從山頂望去，山水相連、古樹參天，真是一個（　　　　）的好地方。
5. 他（　　　　）從外國一路轉機趕回臺灣家中，就是為了和家人團聚一起過年。
6. 好好的一場排球賽，讓幾個性格惡劣的流氓鬧場給攪亂了，真是（　　　　）。

參考解答：

1. 己　2. 戊　3. 丁　4. 甲　5. 丙　6. 乙

摹寫練習

摹寫是修辭手法的一種,是將有關事物的各種感覺,如顏色、形狀、氣味、色澤、聲音等的感受透過作者的主觀加以形容描述的修辭技巧。以視覺、聽覺、嗅覺、味覺、觸覺等五種方法用文字表現出來。

根據不同的感受可以把摹寫分為以下五種:

觸覺摹寫	說明:將皮膚所接觸到的事物等描寫出來。 舉例:微風輕拂我的臉龐,感覺非常舒服!
聽覺摹寫	說明:將耳朵所聽到的事物等描寫出來。 舉例:大絃嘈嘈如急雨,小絃切切如私語;嘈嘈切切錯雜彈,大珠小珠落玉盤。
嗅覺摹寫	說明:將鼻子所聞到的事物等描寫出來。 舉例:每當經過魚市場,那股難聞的腥味便撲鼻而來,令人反胃。
視覺摹寫	說明:將眼睛所看見的事物等描寫出來。 舉例:湖邊山上,青一塊,紫一塊,綠一塊。
味覺摹寫	說明:將嘴巴所嚐到的事物等描寫出來。 舉例:這家烤鴨外皮酥脆,肉汁香甜飽滿,令人回味無窮。

練習題

情境:今天你與朋友一同去森林露營,周圍鳥語花香,令人舒暢。現在,請閉上眼並開始想像⋯⋯

觸覺(請用觸覺摹寫造一個句子):

聽覺（請用聽覺摹寫造一個句子）：

嗅覺（請用嗅覺摹寫造一個句子）：

視覺（請用視覺摹寫造一個句子）：

味覺（請用味覺摹寫造一個句子）：

參考解答：
觸覺：林中微風徐徐吹來，輕撫我的臉龐，令人身心舒暢。
聽覺：蟲鳴鳥叫、山水淙淙聲不絕於耳，猶如大自然的美妙樂曲。
嗅覺：芬多精的香味撲鼻而來，彷彿置身於香精天堂一般。
視覺：遠處的丘陵高低有致，起伏連綿，在飄渺的雲煙中忽遠忽近、若即若離。
味覺：朋友利用野菜野菇煮出來的燉湯嘗起來鮮美無比，溫胃潤腸令人回味無窮。

進階題

情境：在晴空萬里的日子，你與家人去國外旅遊，一到當地，便感受到了不同的氣氛……
請同時使用最少三種摹寫來完成一篇小段落：

主題三／跟著漫畫「趣」旅行

參考解答：
我從老闆手中接過熱呼呼剛出爐的肉夾饃，聞起來香氣四溢，令人食指大動。表皮金黃酥脆，油光煥發的控肉舒適地躺在大餅中間向我招手，一口咬下，肉汁在口腔爆發，中藥的香味充滿我的五臟六腑。顧不得旁人的勸阻，就算燙口我仍照樣吞下肚，不一會兒工夫，這份人間美味便被我消滅殆盡，我舔了舔指上的油，仍意猶未盡。

寫作練習

　　透過上述介紹，想必大家對旅遊有了一定的概念，現在就讓我們用課堂所學來寫出一篇膾炙人口[9]的佳作吧！請以〈一次旅遊的經驗〉為題目，寫出你的旅遊經驗。

【寫作提示】
第一段
回想一下令你最深刻的一次旅行，請提出出發原因以及行前心情。

---

[9] 膾炙人口：比喻事物精妙而備受稱誦。

第二段
旅程中遇到特別的人、事、物，運用視覺、聽覺、嗅覺、觸覺、味覺等感官描寫出來。

第三段
將此行最特別的事情或最大的收穫描述出來。

第四段
寫下你對這件事的印象及心情，還有你學到了什麼。

第五段
總結此次旅行的感受與收穫，提出對於這項體驗的感想，正面肯定這趟豐富的旅程。

範文：陝西之旅

　　清晨的陽光灑進我的房間，在一陣陣的蟲鳴鳥叫中，我伸伸懶腰，緩緩起身，享受著透過窗櫺[10]灑在身上的溫暖。暑假到了，令我不禁回想起，去年的陝西之行，令我永生難忘的旅程。

　　那次旅行，我與家人趁著假期前往中國陝西旅遊，出發前我便萬分期待，想像著歷代皇帝居住的長安城會是何種樣子，在現代的科技與生活方式進入之後，長安城還能保有其「古都」的歷史韻味嗎？到了飯店，放完行李後，便正式開

---

[10] 窗櫺：窗上以木條交錯製成的格子。

始了我們的西安行，路旁有著各式各樣的攤販，一點也不輸給臺灣的夜市。我們像無頭蒼蠅隨興逛著，一邊品嘗當地小吃，一邊欣賞年代久遠的歷史古蹟。

但其中，最讓我印象深刻的是──華山行。我們第三天去拜訪了中國五嶽之一的華山，也是武俠小說中，最引人入勝的「梅花劍法」的發源地。初到山腳時，只覺這不過是座大山，攻頂便完事。出乎意料的是，隨著海拔越高，映入眼簾的風景越令人著迷，以往，「奇險」[11]一直是只在書中出現，卻不曾看過的景象，如今卻展現在我的面前。

直到峰頂，更令人震驚，登山途中的那些面目猙獰[12]的山峰全成了雲霧繚繞的矮子，山峰一片一片地疊在一起，像一瓣一瓣的花瓣，活像一朵綻放的蓮花。那樣的美景，是我這輩子不曾見過的。

長安城的古色古香[13]讓我體驗了穿越千古的文化，而壯闊的華山美景衝擊了我的身心靈。這趟西安之旅，我見識到了人文的結晶，也體會到了大自然的鬼斧神工[14]，若有朝一日，我定會回頭拜訪這令人依依不捨[15]、歷史悠久的華北之地，並留下更深刻的回憶。

---

[11] 奇險：1.奇特顯怪；2.非常顯要。
[12] 面目猙獰：面目凶惡可怕。
[13] 古色古香：形容具有古舊典雅色彩和情調的書畫、或造型仿古的器物、建築、藝術品等。
[14] 鬼斧神工：形容技藝精巧，達到鬼神靈妙的境界。
[15] 依依不捨：非常留戀，捨不得分離。

作文練習

主題三／跟著漫畫「趣」旅行

小小運動評論家

課綱指標

國-E-A1 ➡ 認識國語文的重要性,培養國語文的興趣,能運用國語文認識自我、表現自我,奠定終身學習的基礎。

國-E-A3 ➡ 運用國語文充實生活經驗,學習有步驟的規劃活動和解決問題,並探索多元知能,培養創新精神,以增進生活適應力。

國-E-B1 ➡ 理解與運用國語文在日常生活中學習體察他人的感受,並給予適當的回應,以達成溝通及互動的目標。

作文素養就是這樣養成的

運動,是可以讓自己的身體跟心靈都變得更加強壯的最佳利器。

運動賽事的舉行,往往也伴隨著各式各樣的激情,場上球員為了勝利不顧一切、奮力一搏的精神;場下的觀眾為了幫自己支持的運動員加油放聲吶喊,都呈現出運動帶給人們不同凡響的感受。因此,在運動場上發生的事件也經常引起人們的熱烈討論,成為民眾茶餘飯後的話題,例如:<u>王建民在美國職棒</u>的賽場上大展身手、<u>林書豪在美國職籃</u>掀起林來瘋、<u>東京奧運李洋與王齊麟</u>一路過關斬將拿下<u>奧運金牌</u>等等。因此我們能發現,運動不只能讓我們的身體變得更加強壯、心靈更加健全,更能凝聚大家的力量和支持,使團體的向心力變得更強。

說到運動,相信大家在成長的過程當中,也都或多或少有過運動的經驗,可能是在體育課時學習到的籃球、排球;也可能是在運動會上為班級爭取榮譽的短跑、長跑;抑或是在假日時額外學習的直排輪、滑板等等,都能為一般的生活當中增添許多色彩和回憶。

回想完過去自己曾經做過的運動,是不是突然發現自己也在不知不覺當中學到了很多不同的運動技巧呢?接下來就要來問問各位同學們,如果現在要請你挑選出所有運動中,自己最有興趣或者最喜歡的運動,你會挑選什麼,為什麼呢?說說看你的想法吧!

我最喜歡的運動是……原因是……

參考解答：

我最喜歡的運動是籃球。因為在籃球場上的時光是最開心也最好玩的，每次只要聽到籃球應聲入網的聲音，便能將我平時上課的疲勞感全部消除，所以我最喜歡籃球了！

　　在體驗運動的過程當中，可能是單純因為喜歡而運動，可以從中感覺到開心、快樂，享受運動帶來的樂趣；也可能會參加運動比賽，如果是為了比賽的練習，可能有時候會有些辛苦，但若能在比賽的最後成功獲得名次，苦盡甘來的感受應當是更加美好的。說到這邊，不知道你有沒有曾經想過，要將運動場上發生的精彩時刻變成一篇使人熱血沸騰的文章，讓經典可以用不同於影片、照片的形式流傳後世。沒錯，除了用錄影機、手機將比賽拍下來以外，也可以用文字記錄場上的一舉一動。

　　舉一個大家相當熟悉的例子——棒球比賽為例，棒球比賽是透過投手與打者在每個打席之間的對決所完成的運動。作為臺灣的國球，每次的重大國際賽事便也成為了大家最為關注的焦點，若可以把棒球中投手與打者的精彩對決以文字的方式書寫下來，便能讓讀者透過無聲的閱讀一同感受到那份身歷其境的刺激感，例如：

　　緣分的安排、命運的交會，在各種奇妙的安排之下，作為當今全球棒壇最優秀球員的兩大競爭者——大谷翔平及麥克·楚奧特，竟然在世界棒球經典賽的賽場上相遇了。

　　關鍵的九局上半，隨著楚奧特步入打擊區，這場世紀對決也拉開序幕，過去兩人作為隊友，並沒有在正式比賽中對

決的紀錄，因此這攸關世界最強棒球國家的對決也格外引人注目。

　　兩人都深深吸了一大口氣，一顆變化球在好球帶之外，楚奧特相當仔細地選掉了這顆壞球，接著來了顆正中直球，這球竟然超過一百六十公里，看來投打兩人都為了這次的對決傾注所有心力。

　　這第一次的對決，投打兩人都處理得相當謹慎，球數也一路纏鬥到兩好三壞，這場讓眾人引頸期盼、血脈賁張的打席也即將迎來最終的結局。到底是大谷翔平的球更加厲害，還是楚奧特的球棒更勝一籌，全場的氣氛也在此刻來到高潮。

　　揮棒落空！隨著一顆犀利的變化球應聲進入捕手手套，也宣告日本武士隊成為本屆世界棒球經典賽的最後贏家！

　　透過文字，便能讓觀眾重新體會到當下那刺激且血脈賁張的經典場景！

　　看完了上面的例子，接下來就讓我們一步一步地完成一篇精彩的「運動文學」作品吧！

　　在文學的領域中，專門書寫「運動」這類型的文章，在分類上我們稱之為「運動文學」。「運動文學」主要就是以體育活動作為主要書寫對象的文學創作，只要是跟運動相關的活動，無論是觀看一場體育賽事或是單純自己在某個地方進行的運動，都可以成為運動文學書寫的對象。透過運動者的身體活動、精神挑戰及精神上的共鳴，讓閱讀者可以透過文字感受運動本身的力量。

在運動文學裡面，作者寫的不僅僅是運動競技本身，也可能透過描寫運動員成長背景或是一路奮鬥的人生故事來讓故事的內容更加豐富。近年來在籃球領域相當活躍的林書豪，他的背景故事便是相當引人入勝的，以下就讓我們來看看他的故事：

身為華裔身分的林書豪，在成為一名舉世皆知的籃球員之前，其實受盡各種歧視，也體會過各種挫折。在高中打出亮眼成績，卻無法收到任何一間一線大學的獎學金，最後進到了在籃球方面較不出名的哈佛大學就讀。在大學期間，林書豪帶領哈佛大學打出了前所未有的成績，並乘著這股氣勢參加職業球員選秀，但卻只得到落選的消息。

永不放棄的林書豪，不放棄任何機會，在各個願意釋出善意的球隊之間輾轉，直到出名前都還只能睡在同隊隊友公寓的沙發上，度過難熬的時光，而皇天不負苦心人，終於在一次的機會中讓他被全世界看見……。

根據上述的文句，我們可以知道林書豪在高中、大學甚至進職業的路上都充滿各種困難與挑戰，但他卻能憑藉著強大的意志力和信仰一路前進，最終也終於獲得向世人證明自己能力的機會。「臺上一分鐘，臺下十年功」運動員最難讓人看見的，往往是他們為了夢想付出的努力。透過運動文學的書寫，可以讓讀者在過程當中更加理解運動員為了看似簡單的成功付出了多少汗水和堅持。

現在換你試試看了，請依照下面提供的資料來書寫一段關於運動員的生平和背景。

選手姓名：<u>王小明</u>　擅長運動：棒球　位置：投手

經歷：高中後便前往美國訓練→十八歲進到大聯盟體系→在二十歲、二十三歲、二十六歲時因受傷而動手術休養→二十七歲遭到球隊放棄→一度想放棄棒球→遇上貴人堅持→終於站上大聯盟舞臺。（100～200字）

參考解答：

王小明在高中是一位名滿天下的投手，在畢業前往美國發展後也靠著出色的發揮在十八歲便進入大聯盟體系，看似無限風光的未來卻在一場大傷後陷入泥沼。他在六年之間三度受傷動刀，甚至在結束手術後接到戰力外通知的消息，使<u>王小明</u>心灰意冷，甚至興起放棄的念頭，但幸好靠著貴人相助及自身更加努力地訓練，讓<u>王小明</u>在三十歲生日當天終於站上夢想的舞臺。

認識棒球選手的夢魘──Tommy John手術

　　Tommy John手術是一種常發生在需要將手部舉過頭部進行投擲動作的運動，例如標槍、棒球。

　　主要發生原因為重複性的外翻而造成，許多運動員回憶，在受傷時都會聽到清楚的「啪」，隨後伴隨而來的便是劇烈的疼痛。

　　而Tommy John手術原名為尺骨附屬韌帶重建術（UCL, Ulnar Collateral Ligament Reconstruction），此手術把受傷手肘尺骨的韌帶用身上其他部位的韌帶替換（通常是從病人的前臂、大腿後方、腳部），是目前棒球場上常見的手術之一。

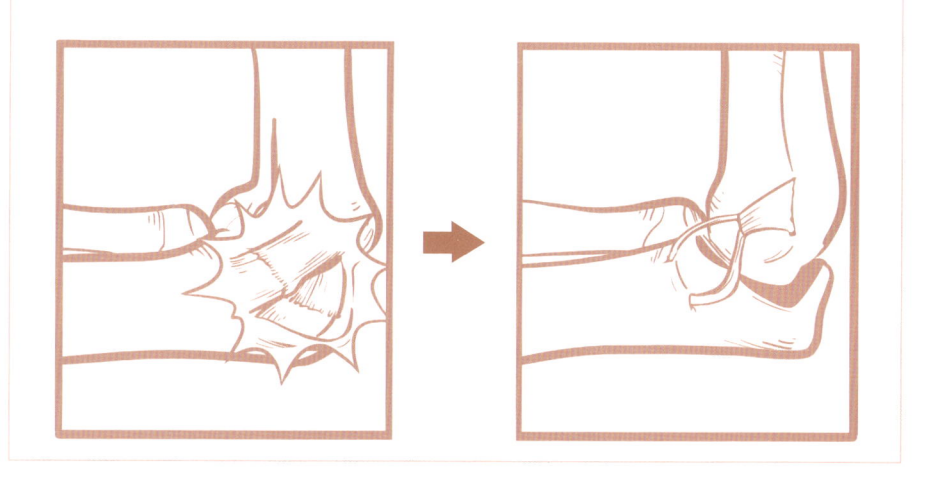

　　因此我們可以發現，若能在書寫運動的文章當中加入人物的背景故事或成長背景，就可以讓讀者對於角色的成功有更多的認同感。

　　看回到日常生活，大家每年都會體驗到運動會的各項比賽帶來的緊張刺激，不管是上場為班級爭取榮譽的跑者或是在場邊加油打氣的同學，都能在運動會中做出屬於自己的貢獻。

作文素養就是這樣養成的

> 運動會的賽場上總是充滿著熱血的賽場對決，請你回想過去所參與的運動會回憶中最讓你印象深刻的場景，並嘗試用手中的筆將當下的畫面描繪出來吧！

　　為了能在運動會的各項比賽中斬獲好成績，賽前的測驗、選拔，備賽中的練習、磨合甚至手吵，都是在衝過終點線前必須面臨的考驗。所有比賽中，最需要團隊配合和同心協力的項目就是大會接力了。要完成如此多人的接力比賽，無論是棒次安排或者隊員之間的默契都一定要相當到位，賽前的練習和準備便成了不可或缺的因素，因此讓我們來模擬一下練習的場景並完成下面的短文練習吧！

　　下面的練習我們要模擬自己是一位記者，正在觀察班上同學為了一個月後到來的大隊接力比賽進行訓練，請接續文章的提示完成短文。（100～150字）

為了一個月後的比賽，同學們在空堂的時間相約到操場上練習……
（可描寫的畫面：奔跑及接棒時的動作、同學練習的狀態、互相討論協調的過程、透過練習逐漸進步的成長……）

參考解答：

同學們聚集在操場上，為了下個月要到來的大隊接力進行籌備，每位同學都相當認真地面對這場訓練，儘管頂著豔陽，拚到汗流浹背，都還是奮力邁出每個腳步，每當發生失誤時，也沒有任何的責怪，而是大家互相確認默契，找出最適合彼此的接棒節奏。透過這樣扎實的訓練，相信大家一定能在下個月的比賽當中取得好成績！

　　除了寫出運動賽事和運動員的故事，運動文學還有一大特點，那就是激勵讀者。經由故事中主角完成的巨大挑戰，我們也可以從故事當中得到許多的動力，讓讀者在未來遭遇到各種挑戰的時候，也可以有勇氣激勵自己跨越眼前那座看似無法成功攀登的高山，追求卓越。這也是運動類型的紀錄片和運動文學讓人如此著迷的主要原因。

作文素養就是這樣養成的

心智圖

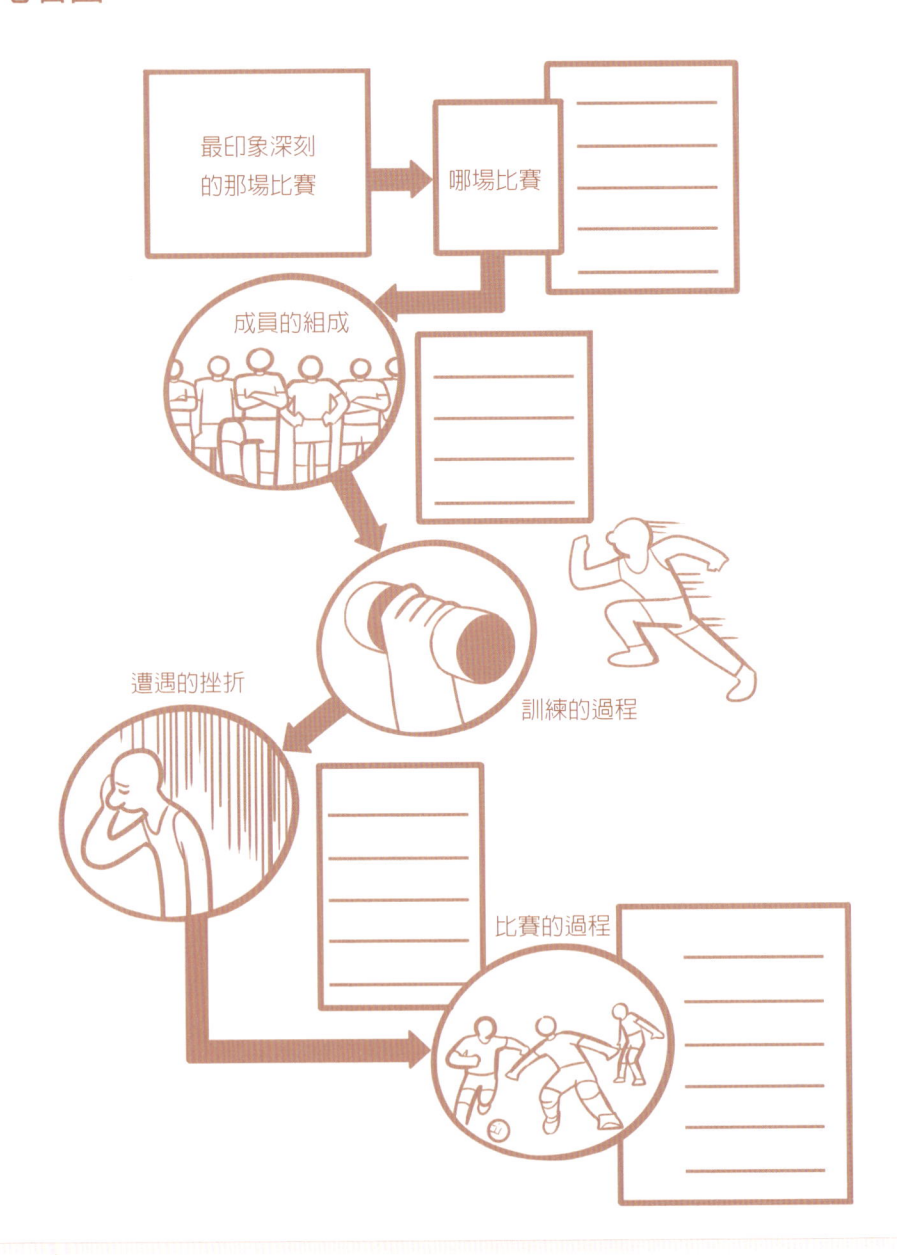

最印象深刻的那場比賽 → 哪場比賽

成員的組成

訓練的過程

遭遇的挫折

比賽的過程

162

課後學習：成語小教室

代號	成語	意義
甲	茶餘飯後	泛指悠閒無事之時。
乙	過關斬將	克服一連串的困難，達成目標。後比喻事情非常順利。
丙	血脈賁張	形容情緒極度激動以致血管擴張，全身發熱的現象。
丁	引人入勝	引領人進入美麗玄妙的境地。
戊	不可或缺	必須，不能缺少。
己	刻骨銘心	形容感受深刻，難以忘懷。
庚	鎩羽而歸	比喻失意或受挫折而回。
辛	如法炮製	依照往例或現有的方法辦事。

請將適當的代號填入下列各文句。

1. 他多次用這個方法欺騙他人，這次也想＿＿＿＿＿卻被逮個正著。
2. 他宣布結婚這件事很快地成為了人們＿＿＿＿＿聊天討論的話題。
3. 一個人若想要成功，努力是＿＿＿＿＿的必要元素。
4. 由於對方的實力堅強，就算強如衛冕軍也難逃＿＿＿＿＿的命運。
5. 不被看好的他，卻能一路＿＿＿＿＿，憑藉的便是過人的膽識與判斷。
6. 這場誰在站上世界第一的巔峰對決，讓人看得情緒激昂、＿＿＿＿＿。
7. 老師當年在比賽前的精神喊話令人＿＿＿＿＿，久久無法忘懷。
8. 我喜歡這位小說家那＿＿＿＿＿的故事情節，使我讀來津津有味。

參考解答：1. 辛　2. 甲　3. 戊　4. 庚　5. 乙　6. 丙　7. 己　8. 丁

寫作練習

　　運動是日常生活中的休閒娛樂活動，而運動賽事則往往使人熱血沸騰，在這樣的比賽中，若能透過文字記錄比賽的精彩過程，則能夠讓比賽以不同的形式呈現。請以「最深刻的一場比賽」為題，以運動散文的方式寫下到目前為止對你來說印象最深刻的一場比賽。（文長約500字）

【寫作提示】

第一段
1. 介紹一下你要書寫的運動。
2. 寫出是何時發生的哪場比賽。

第二段
1. 這場比賽對你或比賽選手的重要性為何。
2. 介紹比賽成員的選拔過程及背景。
3. 寫出比賽前隊員們所進行的訓練及心情起伏。
4. 訓練之中是否產生糾紛或是挫折及解決方法

第三段
描述比賽的過程。

第四段
針對此次比賽受到的啟發和心中的感想。

範文：最深刻的一場比賽

　　籃球，是每個人成長過程中必定有進行過的球類運動。規則相當簡單好懂，體育課時也經常會有籃球相關的課程，因此可以說是大家都相當熟悉的一項運動。而對我來說，印象刻骨銘心的便是在去年所觀賞的三對三校際籃球賽。

　　三對三校際籃球賽，是每年各個班級籃球高手對決的一大賽事。各班精銳盡出，只為了獲得那面冠軍錦旗，也因此人員的配置變成了相當重要的一項指標。班上也為了該派出哪些人選引發討論，該派出大家公認最強但去年在八強賽鎩羽而歸的組合，或是派出全新的組合迎接今年的比賽，經過班會及體育老師的協調之後才終於決定出最後的名單，依然是由去年的組合——小張、小黑和小碩再次迎戰。確定好名單後，隊員們便展開訓練，因為是老搭檔，過程相當順利，幾乎沒有遇到太大的困難，隊員們也以這樣的節奏一路闖進八強賽。

　　進到八強賽後，擋在面前的是去年擊敗他們的對手，一樣的地方再次遭遇，賽前可以看得出隊員們的緊張，尤其是小黑，甚至連球都抓不穩。但這時體育老師招集隊員並進行信心喊話，讓隊員們的情緒暫時緩和下來。「嗶——」隨著比賽哨音響起，這場復仇之戰也正式拉開序幕，這是場先獲得十三分就能帶走勝利的比賽。一開賽由對方持球，小黑努力看防對手的得分主力，但對手靠著身材的優勢先馳得點，取得兩分領先。在攻守交換過程中，小張抓到對方得分後鬆懈的時刻，冷不防來了一顆三分球逆轉了比分。接下來兩方

開啓了拉鋸模式，互有超前，比分一路僵持到了九比十，對手領先一分。體育老師主動喊了暫停，隊員們臉上的表情相當沮喪，似乎已經輸掉了比賽，此時體育老師請三位隊員回想過去這些日子以來所受的訓練、遭遇的挫折、流下的每一滴汗珠，這些支撐他們走到現在的不是運氣，而是扎實的努力，「奇蹟只會發生在一直相信的人身上，如果連你們都不相信，那誰能幫你們贏得比賽」體育老師的一席話，似乎點燃了隊員們的鬥志，他們昂首闊步走向球場。比賽重新展開，小張與小碩在三分線外執行了一次擋人配合，並趁著對方防守交代不清楚的時候溜進籃下得分，比數來到十一比十，領先一分。對方目前只需投進一顆三分球便能結束比賽，小黑相當清楚這點，緊緊守住對方主力，在此之前，對方在他的防守下屢屢得手，去年也是靠著該位主將的絕殺贏球，因此這次他也想如法炮製直接結束比賽，但小黑早就預判到他的想法提前跳起搧了一個火鍋，終於得以吐氣的小黑朝天怒吼後，像是將過去一年所受的悶氣一次發洩。被打出去的球滾到小碩手上，他快速地切入閃過兩名防守者，在面臨到三位防守者時將球傳給了埋伏底線的小張，「唰——」這看似平凡的進球，卻是乘載了三人以及全班的寄託與希望，贏了，跨過阻擋在眼前的難關，戰勝心魔，前進最後四強。

　　這場比賽讓大家體會到了很多，一場比賽的勝利並不如表面看起來簡單，需要經過很多訓練、需要克服很多的難關更需要臨場有比對方更好的發揮。雖然只是一場簡單的班

際籃球賽，卻讓一旁觀賽的我也與場上的比賽一同起伏、吶喊。同時也讓我看到相信的重要性，在比賽哨聲響起之前，比賽都還沒結束，這就是運動比賽讓人無法自拔的魅力之處吧！

作文練習

主題三／小小運動評論家

主題四
新議題

AI潮流

課綱指標

國-E-A2 ➡ 過國語文學習,掌握文本要旨、發展學習及解決問題策略、初探邏輯思維,並透過體驗與實踐,處理日常生活問題。

國-E-B2 ➡ 理解網際網路和資訊科技對學習的重要性,藉以擴展語文學習的範疇,並培養審慎使用各類資訊的能力。

國-E-C1 ➡ 閱讀各類文本,從中培養是非判斷的能力,以了解自己與所處社會的關係,培養同理心與責任感,關懷自然生態與增進公民意識。

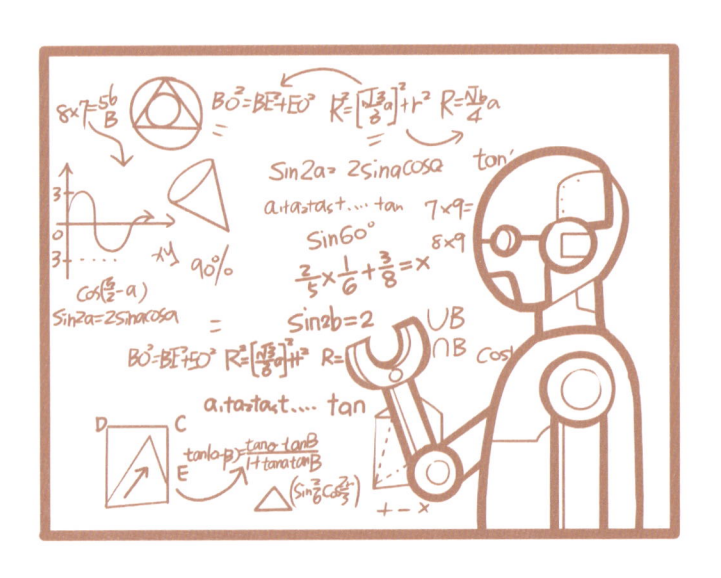

這幾年很紅的AI你跟上了嗎？

在短影片如雨後春筍[1]般興盛的現在，你有沒有曾經使用過像是Instagram、Tiktok，或是抖音之類的軟體拍攝一張照片或是一段短影片，再透過軟體提供的特效，讓自己的照片或影片變成迪士尼風格、阿拉伯風格，或是哈利波特的魔法世界風格呢？這些神奇的效果就是由AI在背後默默地施展魔法完成的呢！

> 你曾經使用過Facebook、Instagram、Tiktok，或是抖音之類的軟體嗎？如果有的話請寫下並簡單的介紹你印象最深刻的影片吧！

---

[1] 雨後春筍：比喻事物在某一時期新生之後大量湧現，迅速發展。

參考解答：

我曾經在Facebook上面看到一部有趣的狗狗體育競賽影片。裡面有一隻哈士奇狗慢吞吞地進行比賽的各個項目，甚至還要訓練家引導牠回到路線上。另外一隻邊境牧羊犬像火箭一樣飛快地完成比賽中的各種項目，牠的速度快到連訓練家都差一點追不上呢！

　　AI的全名為Artificial Intelligence，中文大多翻譯成「人工智慧」，指的是由人類製造出來的電腦或是機器，可以像是人類一樣的說話、解決問題，甚至是學習。最早電腦被發明出來主要是協助我們做複雜的數學計算，但是隨著科技日新月異[2]的進步，電腦能夠處理的事情更加多元而且複雜，體積也逐漸變小。你能想像第一臺被製造出來的電腦竟然大到要佔滿整個房間嗎？而現在人手一支的智慧型手機，只有手掌般大小，所擁有的功能早已遠遠超過了當初第一臺電腦。

　　在電腦與機器發展的過程中，人們逐漸產生「有一天它們是不是可以變得跟人類一樣，甚至取代人類。」這樣的想法。在人們開始瘋狂地追逐人工智慧的浪潮的年代中，許多著名的作品因應而生。2013年的電影《雲端情人》中，主角西奧多整天跟手機裡的人工智慧不斷地聊天說話，最後甚至與它談起了戀愛。有沒有讓你想到那些常常對著手機喊「嘿，Siri。」然後開始跟手機聊起天的人呢？手機裡面的人工智慧，竟然可以像我們平常和朋友聊天一樣的跟我們進行對話，聽起來很酷對吧！但是最近開始流行的「ChatGPT」把這看似遙不可

2　日新月異：形容發展或進步快速，不斷出現新事物或新現象。

及[3]的夢想化為實現的可能。

　　在2022年推出的「ChatGPT」人工智慧聊天機器人，不但能夠用更貼近人類一般聊天的方式與我們進行對話，甚至還可以回答各式各樣的問題。當然，是否能夠回答得正確又是另外一回事了。許多新聞記者或是研究生在這一個流行當中嘗試讓ChatGPT替他們完成文稿或是論文，甚至還出現了靠著ChatGPT協助診斷病情救了自己一命的新聞。

如果今天有一個機會讓ChatGPT幫你解答一個困擾你很久的問題，你會想要問它……

---

[3] 遙不可及：距離遙遠無法到達或形容沒有希望。

參考解答：我會想要問ChatGPT有沒有什麼方法可以不看書就考滿分。

人工智慧可以完全取代人類嗎？

在科技不斷的發展之下，有一天人工智慧會不會變的比我們聰明呢？

2016年的3月，在韓國的首爾開啓了一段驚心動魄[4]的世紀圍棋對決，分別是代表人類的韓國職業九段棋士李世乭（音同石）對上代表人工智慧的AlphaGo。一開始許多專家並不看好AlphaGo能夠打敗世界頂尖的李世乭，甚至有些人還認爲李世乭可以用5勝0敗的戰績勝出。然而比賽的結果卻跌破大家的眼鏡[5]，AlphaGo最後以4勝1敗擊敗了李世乭。這場人類與人工智慧的大戰最後由人工智慧勝出，代表了人工智慧的思考能力不但已經追上了人類的腳步，甚至可能還略勝一籌[6]。

在電影《魔鬼終結者》中，未來世界的人工智慧「天網」認為人類會對它們的生存產生威脅，於是決定消滅人類。雖然這只是電影裡幻想出來的情節，但是你認為是否也會發生在現實的世界當中呢？請說一說你的想法。

---

[4] 驚心動魄：使人感觸很深，震撼很大。
[5] 跌破眼鏡：比喻出乎意料。
[6] 略勝一籌：比喻兩相比較，其中一方稍微高明一些。

參考解答：
我認為如果我們沒有嚴格地管理人工智慧的使用與研發，未來當它們具備意識和思考的能力之後，有可能會認為人類是環境和地球上影響各種生物生存的破壞者，最後決定反過來消滅或是控制我們。

　　除了會下圍棋，人工智慧的應用在現今的生活中早已無所不在。人工智慧可以協助我們將說出來的話直接轉換成文字、辨識你手機裡照片的臉孔並且將他們分類、不同語言間的翻譯、資料的分析並預測結果等等。在汽車工業的運用上，也充分地展現了人工智慧的進步，現在有些車子已經發展出接近自動駕駛的技術，讓你可以在某些狀況下只要手放在方向盤上，車子就會根據設定好的行車路線自己前進。

　　在人工智慧為我們的生活帶來許多的美好與便利的外表之下，也潛藏著許多我們應該要注意的危險。例如：現在有許多場所的進出管制，採用的是AI人臉辨識技術，當我們走到攝影機前面，AI就能夠辨識我們是不是有進出這棟建築物的許可。這樣的技術若是落到有心人士的手中，可能就會拿來監控特定人物的行蹤。如果你不管走到哪裡、做了什麼事情都被某個人用裝在各個地方的攝影機掌握了你的一舉一動，是不是一件很可怕的事情呢？

　　為了避免人工智慧被毫無節制地使用，也擔心造成不可預測的可怕後果，各個國家逐漸開始意識到應該要對AI的使用進行合理的規範，包含了對於AI創作出來的作品所產生的智慧財產權問題、AI被有心人士利用來對人類造成身體或心靈上的傷害等等。

課後學習：故事體驗

你是一個在消防局工作的機器人，今天接到了通報指出城市裡的一棟民宅大樓正在發生嚴重火警。並且有多位人類民眾正受困在大樓裡面，於是你跟其他的機器人迅速趕往現場進行救援。

到了現場，你被指派前往火勢最大的一區搜索受困的民眾。你在一戶住家內發現了三位受了重傷受困在不同房間裡面的民眾，分別是一位是三歲小女孩、三十歲年輕男性、六十八歲老婦人。透過配備在你頭腦裡面的專業儀器掃描三個人目前生命跡象，你計算出三個人如果獲救之後，經過治療活下來的機率分別是：20%（三歲小女孩）、70%（三十歲年輕男性）、8%（六十八歲老婦人）。

但是此時火勢相當猛烈，並且即將發生大爆炸，時間只夠你救一個人逃離火場。如果是你，你會選擇救出誰呢？

A. 三歲小女孩
B. 三十歲年輕男性
C. 六十八歲老婦人

參考解答：
1. 選(A)的人：表示你具有相當強烈的正義感，看見有人在欺負弱小或是發生不公平的事情的時候你會勇於站出來跟他對抗，是大家眼裡的英雄。
2. 選(B)的人：表示你重視數字與邏輯思考，因此選擇救出活下來的機率最高的人。面對挑戰的時候，你會冷靜地透過各種分析來做出決定。
3. 選(C)的人：表示你是一個重視感情的人，尤其是跟家人之間的關係。待在爸媽身邊讓你具有安全感，而平常你也是家裡貼心的小幫手。

心智圖

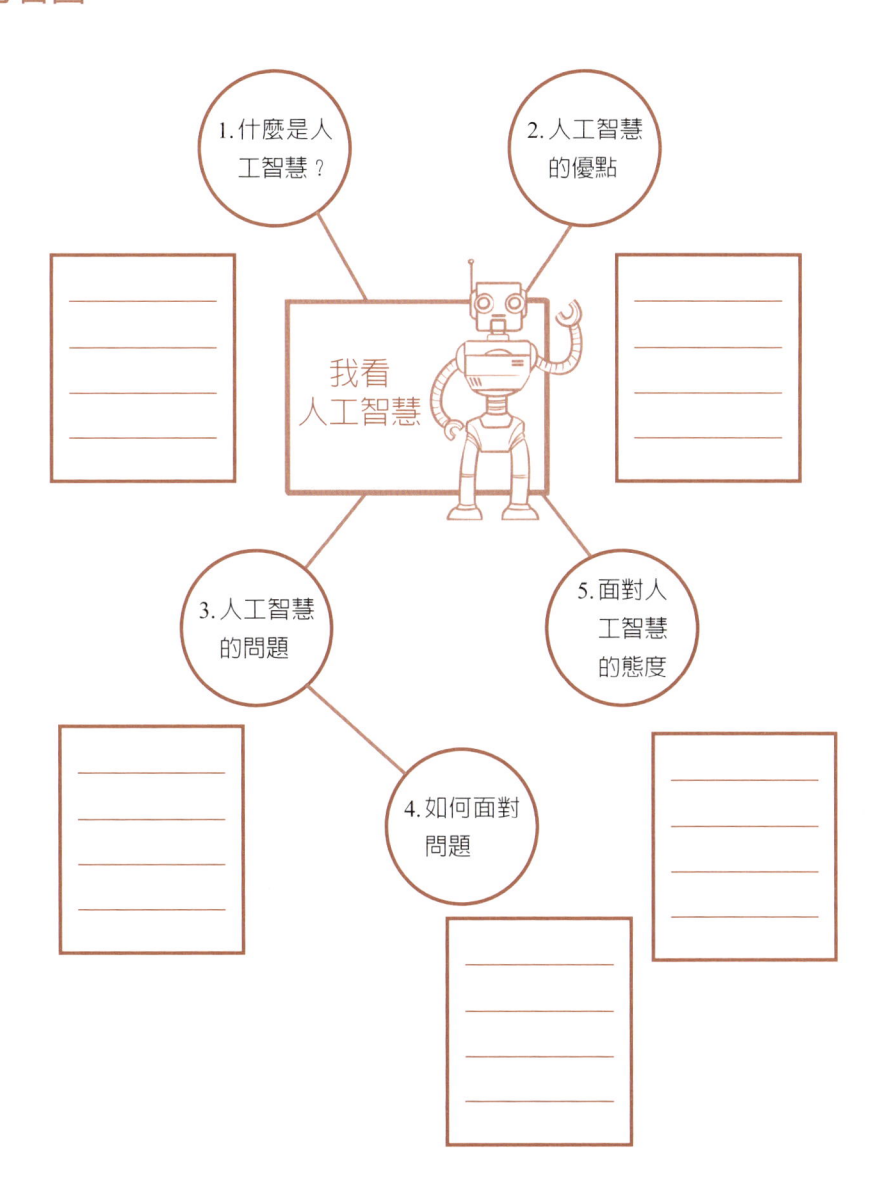

- 我看人工智慧
  - 1. 什麼是人工智慧？
  - 2. 人工智慧的優點
  - 3. 人工智慧的問題
  - 4. 如何面對問題
  - 5. 面對人工智慧的態度

成語學習

代號	成語	意義
A	難望項背	比喻程度相差太遠,趕不上、比不上。
B	望其項背	望見對方的頸項和背脊。比喻程度與之接近。
C	望眼欲穿	形容盼望極其深切。
D	望梅止渴	以空想來安慰自己。
E	喜出望外	因意想不到的事感到欣喜。

請將適當的代號填入以下的文句。

(　　) 1. 媽媽□□□□,卻依然等不到在外遊蕩的孩子回家吃飯。

(　　) 2. 爸爸說雖然買不起市中心的豪宅,但是在附近走走想像自己是財富自由的人士當作□□□□也是一種樂趣。

(　　) 3. 這次國語考試我只考了5分,和隔壁考了98分的同學比起來真的是□□□□。

(　　) 4. 原本抱著志在參加的心情報名了這次的聚瀚盃作文比賽,沒想到竟然榮獲第一名的佳績,真的是□□□□。

(　　) 5. 麥可‧喬丹的籃球技術是聯盟裡面最頂尖的,沒有人能夠□□□□。

參考解答:1. C　2. D　3. A　4. E　5. B

寫作練習

　　人工智慧目前已經廣泛地應用到各個領域當中,為我們的生活帶來相當大的改變。請以「我看人工智慧」為題,寫下你對人工智慧的體會與看法。(文長約500字)

【寫作提示】

第一段
1. 想像一下充滿著人工智慧的未來世界是什麼樣子。
2. 寫出你對人工智慧的定義。（什麼是人工智慧？）

第二段
1. 列舉人工智慧的優點：人工智慧為我們的生活帶來哪些便利。
2. 寫出你自己親身感受過什麼樣人工智慧帶來的便利。

第三段
1. 列舉人工智慧可能會帶來哪些問題。
2. 接著說明過度地依賴人工智慧可能會造成什麼樣的結果。

第四段
寫出你認為對於人工智慧帶來的危機，我們應該如何因應？

第五段
說明面對人工智慧，我們應該抱持著什麼樣的態度。

範文：我看人工智慧

　　想像一下，早上一睜開眼睛，衣櫃就自動根據今天的天氣預報彈出今天為你搭配的服裝。在你一邊享用著機器人助理為你準備的健康早餐的同時，你的語音助手開始一邊為你播報根據你的喜好訂出的最新新聞以及今天的行程表。最後，你悠閒地坐上自動駕駛的汽車前往學校上課。在未來，

我們生活周遭的一切都可能由人工智慧來完成。人工智慧指的是由人類製造出來的機器，可以像人類一樣的說話、解決問題，甚至是思考和學習。

現在人工智慧已經在我們的生活中無所不在，從汽車駕駛、進行語言翻譯，或是使用手機拍攝出具有酷炫特效的影片，都是依靠人工智慧在背後默默地協助我們。平常寫完功課之後，我喜歡用手機看短影片當作休息，其中我最喜歡看各種跳舞的影片。人工智慧就會依據我的喜好，每當我拿起手機，就會推薦各式各樣的跳舞影片給我。跟著影片裡面的舞者一起扭動身體，我就覺得一天的壓力好像也都跟著釋放出來了。

人工智慧雖然為我們的生活帶來許多方便，但是也帶來了許多問題需要我們注意。前陣子有新聞指出有人利用人工智慧的換臉技術，沒有經過本人同意就隨便把他的臉移到其他影片的人臉上惡搞。或許有一天當人工智慧比我們還聰明，甚至是發展出可以自我思考能力的時候，會不會覺得人類是地球最大的危害，反過來把人類消滅掉呢？

面對人工智慧可能帶來的問題，我認為在享受科技的便利的時候也應該抱持著「勿以惡小而為之」的態度謹慎對待，即使是利用人工智慧做小小的惡作劇也不應該。更進一步的，我認為我們應該敦促立法者制定出完善的法律來因應人工智慧的發展。例如，我認為如果當人工智慧如果發展出自我意識的時候，我們應該像是對待人類一樣給予機器人各種權益保障，重視它們存在的價值與貢獻。

科技進步的同時往往也會伴隨各種問題接踵而出。隨著人工智慧越來越進步，它在我們生活中所佔的比重也越來越大。面對人工智慧的發展和進步，我們一方面可以正面地享受人工智慧為我們提供的服務，另一方面也應該要合理地將人工智慧使用在正確的方向，並且避免過度地依賴人工智慧，反而失去了自我判斷和生存的能力。

作文練習

主題四／ＡＩ潮流

低碳時代

課綱指標

國-E-A3 ➡ 運用國語文充實生活經驗，學習有步驟的規劃活動和解決問題，並探索多元知能，培養創新精神，以增進生活適應力。

國-J-B2 ➡ 運用科技、資訊與各類媒體所提供的素材，進行檢索、統整、解釋及省思，並轉化成生活的能力與素養。

國-J-C1 ➡ 閱讀各類文本，從中培養道德觀、責任感、同理心，並能觀察生活環境，主動關懷社會，增進對公共議題的興趣。

北極熊沉睡在漂流冰山上的照片，以及骨瘦如柴[1]的北極熊拖著羸（ㄌㄟˊ，瘦弱的意思。）弱身軀在垃圾桶裡覓食的畫面，令人看了不禁鼻酸。大家都知道海冰對於北極熊來說很重要，但你知道海冰其實對人類也很重要嗎？

　　北極的海冰會反射太陽光，若是海冰不斷減少，將會有更多的海水暴露在陽光底下，海洋此時則會吸收更多的熱量，反過來加速融化

---

[1] 骨瘦如柴：形容非常消瘦的樣子。

更多的海冰。這個變化會透過調節極地熱、洋流和氣流，進而影響到世界各地的天氣，例如：超強勁的風暴、久旱的沙漠化、海平面大幅上升。

地球如果持續暖化，北極冰層的面積將不斷縮小，我們就會失去北極熊以及整個北極生態系。這樣是否讓你清楚地認知到「地球發燒，北極熊哭哭」的事實呢？

> 了解氣候變遷所帶來的結果後，請想像未來可能發生的世界末日景象，並試著描繪或是用文字記錄下來。

當全球溫度上升2°C後，臺灣的降雨量會減少10～20%，將面臨更劇烈的生態系統、糧食系統的挑戰，例如：因二氧化碳濃度上升所造成的海洋酸化將加劇，影響到藻類、魚類等各類物種的生長，進而減少了糧食的供應量，如漁獲量將會減少300萬噸以上。

2023年的蛋荒就是一個明顯例子。由於氣候變遷造成日夜溫差大，環境不利於蛋雞下蛋，加上國內爆發禽流感，數十萬隻蛋雞被撲殺，再加上烏俄戰爭造成進口原物料價格飆漲，雞飼料價格上漲幅度高達55%。因極端氣候所造成的糧食短缺，大大衝擊了仰賴進口糧食的臺灣，造成食物價格不斷上漲，家庭的日常開支隨之增加，想吃有時還不一定買得到呢！

全台鬧蛋荒

業者出奇招

　　2011年2月2日，聯合國「跨政府氣候變遷小組」公布了第四次評估報告摘要，明確指出全球氣候變遷問題的罪魁禍首[2]，就是人類活

2　罪魁禍首：領導或策劃作惡犯罪的首要人物。

動帶來的石化燃料廢氣。燃燒化石燃料所產生的溫室氣體（主要為二氧化碳），經過地表和海洋的反射，更大程度地被大氣中的溫室氣體吸收，最終導致了氣溫不斷上升的全球暖化現況。既然確定大量二氧化碳的排放是造成全球暖化的主因之一，便應該從減少碳排放、淨零排放等方向著手，期望能夠阻止更糟糕的情形發生，臺灣就能因此而獲得永續發展的機會。

所謂的「淨零排放」，並非完全不排放二氧化碳，而是指在特定時間內，人為產生的排放量與人為的移除量相互抵消，達到「淨零」目標。為了達成淨零排放的目標，國際間逐漸建立起碳費、碳稅、碳交易等機制，讓企業在減碳的過程中有典有則[3]，同時加速落實減碳。身為世界公民的你，是否清楚這些新名詞的意義？

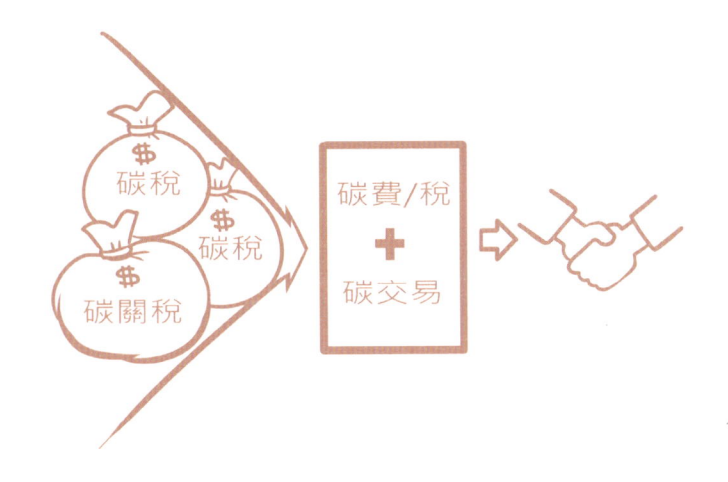

所謂的碳稅、碳費，都是以「賦予二氧化碳價格」（即碳定

---

[3] 有典有則：有法典規則可依循。

價）作為前提,並將二氧化碳視為一種可以交易、移轉、課稅的商品。碳定價機制的核心概念是「使用者付費」,將原本由社會承擔的環境代價（如空氣污染、氣候變遷導致的災害等）,改由污染者負起改善、賠償的責任,因而碳定價便是以回復環境損害作為價格的基準。

碳稅是由政府直接為二氧化碳排放量訂定一個固定價格（稅額）,並以公噸作為計價單位。政府徵收碳稅,是將其轉換成需由企業自身負責的成本,能有效促使企業積極減碳。若碳稅稅額為300元／噸,企業在生產商品的過程中排放了一萬噸的二氧化碳,製造成本便會增加300萬元。

碳費是由臺灣政府依據《氣候變遷因應法》所徵收,並納入溫室氣體管理基金的費用。有別於其他國家選擇碳稅制度來達到減碳目的,我國則是採用碳費徵收機制,並預計於2024年開徵,是目前唯一採用碳費制度的國家。

為了能用較低的成本去控制全球溫室氣體的總濃度,因而出現了新型態的交易——碳交易,可花錢購買他人努力的成果,或是促使自己有動機去開發出從未見過的成果。碳權成了允許排放碳的許可,也是碳減量的成效,計量單位為每噸二氧化碳當量（tCO2e）,這是在人類歷史上首次將抽象環境概念轉變為可具體定價的金融商品。

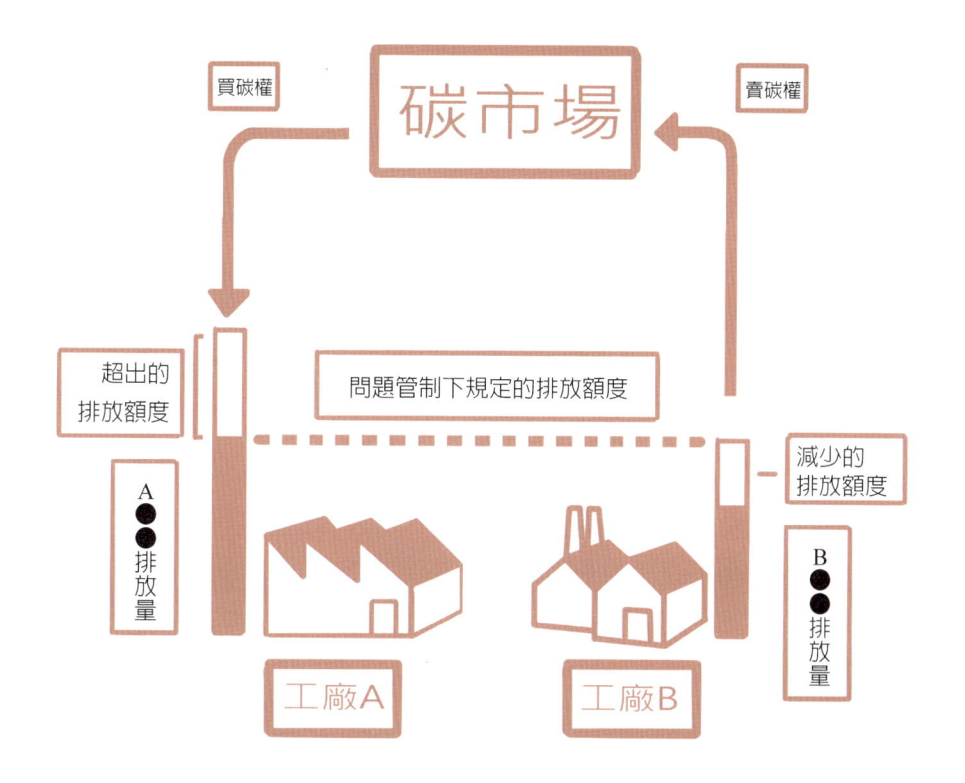

[碳市場示意圖：買碳權、賣碳權、超出的排放額度、問題管制下規定的排放額度、減少的排放額度、工廠A、工廠B、A排放量、B排放量]

　　即使有這些因應機制的產生，但是全球約有三分之二的溫室氣體排放，其實是與個人及家庭活動息息相關[4]。每個人都必須朝低碳生活前進，在購買食材或交通運輸時，都必須更加留意自身行為對地球造成的影響，「碳足跡標籤」及「減碳標籤」於是應運而生[5]。英國的Carbon Trust（碳信託，一家以使命和影響力為驅動力的專業諮詢機構），率先在2006年推出了碳減量標籤，是全球最早推出的碳標籤。而臺灣行政院環境保護署於2009年12月發布碳標籤圖示，成為了

[4] 息息相關：比喻關係極為密切。
[5] 應運而生：順應天命或時勢而降生，後多指順應時機而出現或產生。

全世界第11個推動碳標籤的國家。

　　碳足跡標籤（Carbon Footprint Label），又叫作碳標籤（CarbonLabel）或碳排放標籤（Carbon Emission Label）。簡單來說，碳足跡就是計算產品從原料取得，經過工廠製造、配送銷售、消費者使用，到最後廢棄回收等各階段所產生的溫室氣體，經過換算成二氧化碳當量的總和。透過這個制度，促使企業調整所生產商品碳排放量較大的製程，也能促使消費者正確地使用產品，達到減低產品碳排放量的最大效益。相較於溫室氣體排放量，碳足跡是從消費者端出發，破除了所謂「有煙囪才有污染」的觀念。以碳「排放量大於20公克且不超過40公克」為例，此範圍內的碳足跡數據標示只有20、22、24、……、38、40公克等11個偶數，而碳足跡數據標示就決定於「碳排放量與這11個偶數之中的哪一個差距最小」。如碳排放量20.1公克，碳足跡數據標示為20公克；碳排放量21公克，碳足跡數據則標示20公克或22公克皆可。

日本碳標籤	臺灣碳標籤	英國碳標籤	美國碳標籤
瑞典碳標籤	韓國碳標籤	德國碳標籤	法國碳標籤

看完各國的碳足跡標籤，你最喜歡哪個設計？請試著寫下原因。
若是都不喜歡，也請試著畫下你的設計圖，並簡單說明個人的設計理念吧！

主題四／低碳時代

　　為了緩解氣候變遷對人類生存造成的重大衝擊，節能減碳已成為各國刻不容緩的課題。許多環保商品便順勢而生，像是<u>臺灣</u>早期農業社會用於買菜或雜貨店購物的環保袋，便因此躋身國際。它原是用藺草編織而成，後來塑膠業興起，才被紅、藍、綠三色網袋取代，成為<u>臺灣</u>購物袋的LV。

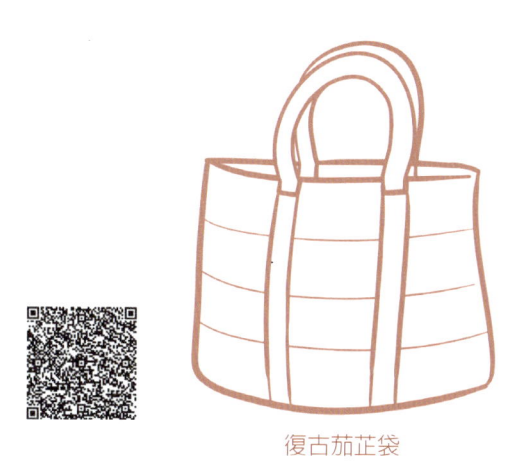

復古茄芷袋

　　但是，許多人即使已經擁有了購物袋，為了跟上流行或是看到喜愛的樣式，仍會重複購入環保袋，造成購物袋的使用機率不高。

這樣一來，相比於一次性塑膠袋，環保袋所造成的環境負擔要來得更大喔！為地球盡一份心力的關鍵，不在於使用哪一種材質的袋子，而是你如何使用它們。環保真正的關鍵，在於人，而非環保袋。所以，不妨嘗試從家中已有的袋子開始重複利用，例如：舊但乾淨的二手紙袋，不只減少了垃圾的產生，也可以讓資源更有效且循環地運用。當要買新的袋子，或是領取百貨公司滿額贈品的環保袋時，記得先停下來問問自己：是不是真的需要這個袋子？「不買」或是「不拿」，才是最環保的解決辦法。因為，重複利用才能減少不必要的浪費。

　　若想在2050年達成淨零碳排的目標，每個人的生活方式都需要改變，從每一次消費時的選擇與生態意識開始著手。若是我們能學習理解並思考每一次的消費行動，才會使環保行動具有真正的意義。

除了在日常生活中隨手關燈、使用環保餐具，還有什麼是我們可以輕鬆採取的環保行動？（請列舉1-3項）

參考解答：
安裝省水龍頭、回收再利用使用過的水、選購減碳相關商品、減少購買過度包裝的商品、購買二手商品。

　　最後，向你分享一個環保的好方法，那就是趁過年前，讓錢包和家裡沉睡已久的硬幣動起來，將它們存入銀行或是儲值在悠遊卡，不但可以增加自己家中的儲物空間，還能減少中央銀行鑄造錢幣的成本和碳排放，更可以活化資產、增加利息，真是一舉數得。

心智圖

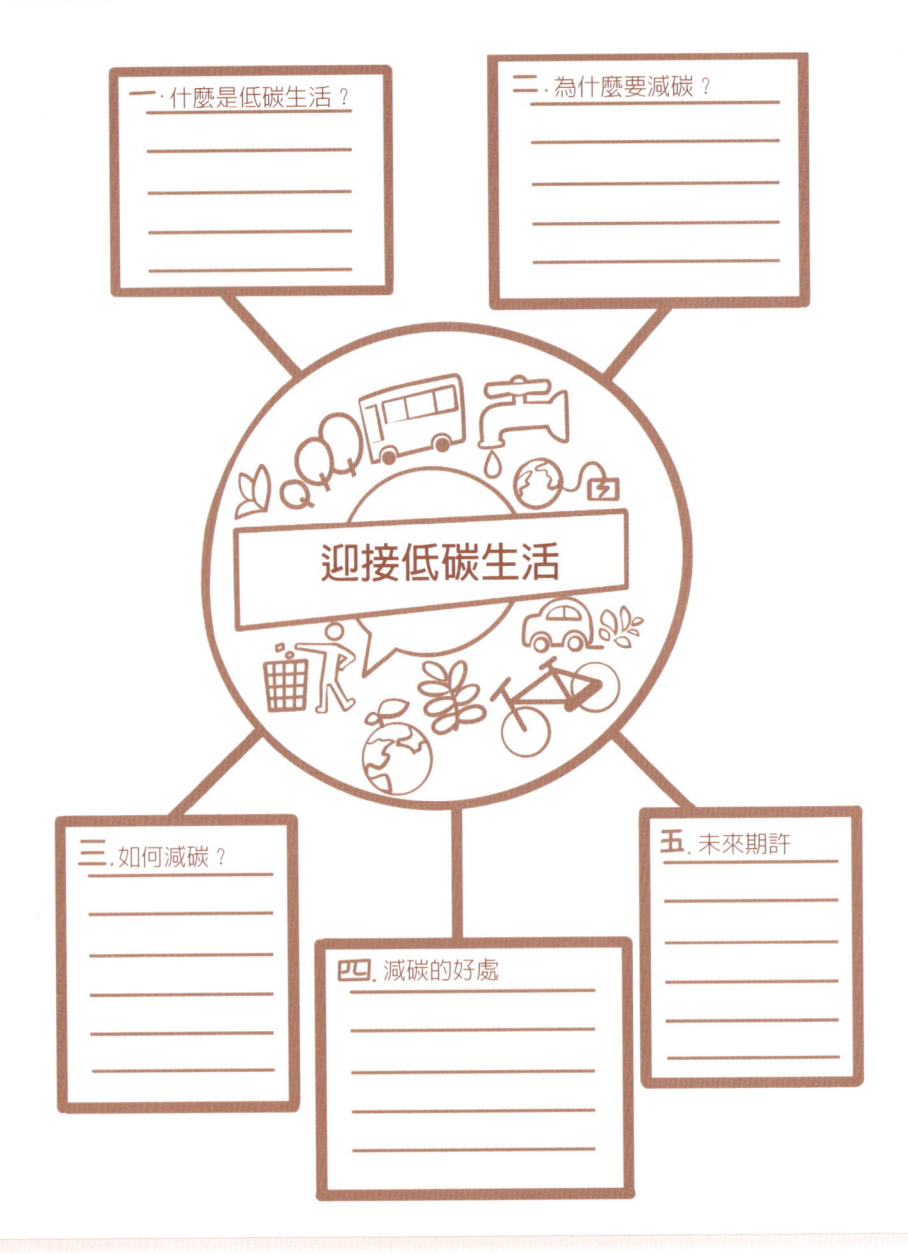

迎接低碳生活

一、什麼是低碳生活？

二、為什麼要減碳？

三、如何減碳？

四、減碳的好處

五、未來期許

課後學習：詞語延伸測驗

1. 瘦骨嶙峋：形容人身體枯瘦、骨骼突出可見。
2. 有典有則：有法典規則可依循。
3. 息息相關：比喻關係極為密切。
4. 應際而生：順應時運而生。
5. 竭澤而漁：排盡湖中或池中的水捕魚。比喻獲取利益只顧眼前，不作長遠打算。
6. 前人種樹，後人乘涼：比喻前人為後人造福。
7. 積土成山：累土可以堆成山。比喻積小而成大。
8. 任重道遠：負擔繁重，路途遙遠。比喻長期肩負重大的任務。
9. 漠不關心：指冷冷淡淡，毫不關心。
10. 臭氣熏天：形容惡臭瀰漫。

【成語填空】

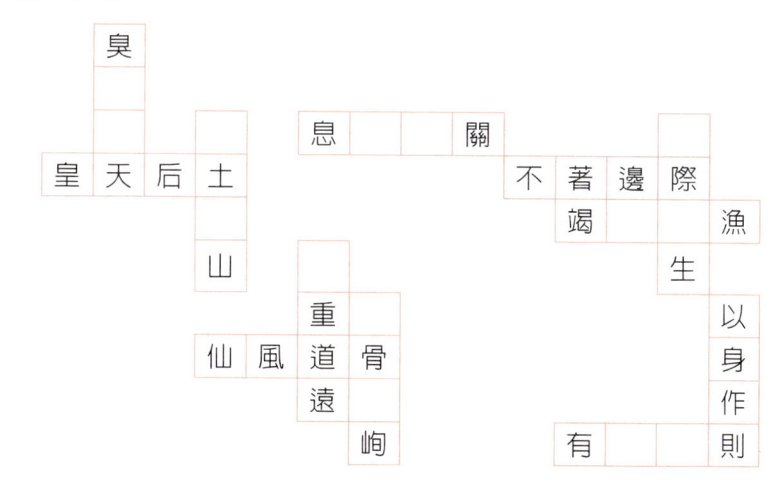

參考解答：

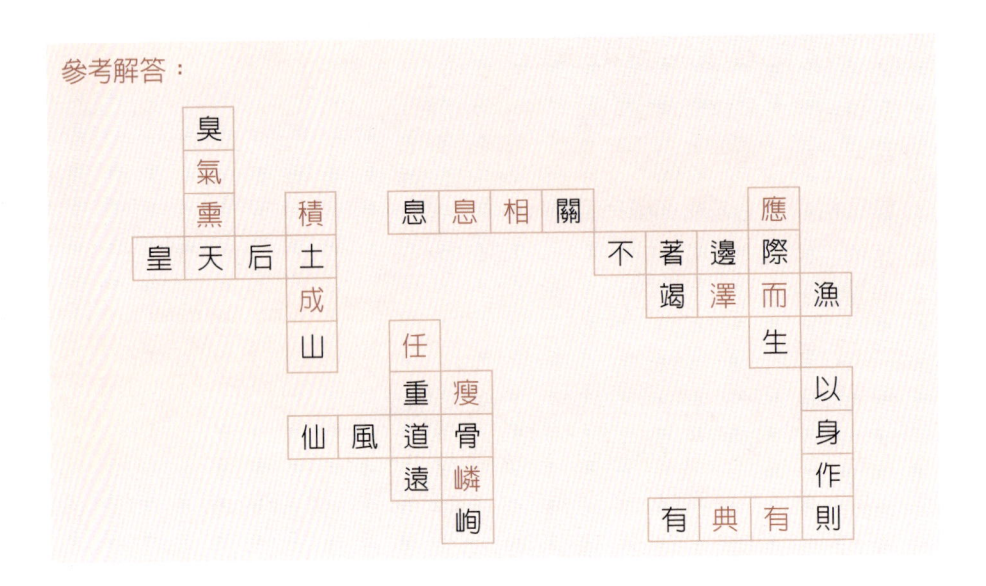

```
        臭
        氣
        熏      積
    皇 天 后  土   息 息 相 關       應
            成          不 著 邊 際
            山          竭 澤 而 漁
                任         生
                重 瘦
            仙 風 道 骨              以
                遠 嶙                身
                   峋              作
                        有 典 有  則
```

你是哪種類型的消費者？

完成四道日常做環保的測驗題，來預測你綠色消費的類型吧！

1. 整理房間時，找到最熟悉卻已經用不著的東西，你會如何處理它呢？
   (A) 不知如何處理，就先擱置不理
   (B) 運用巧思，加以改造

2. 平常購買手搖飲，你會採取何種舉動？
   (A) 加購塑膠提袋
   (B) 自備環保提袋

3. 進行採購前，你會優先考慮何者？
   (A) 減量消費：不衝動消費、避免購買不需要的物品，才能減少資源的浪費

(B) 符合生態：產品原料的取用友善環境，選擇當季、在地的資源，達到永續經營

4. 在選購商品時，你的購買意願較偏向何者？
   (A) 無包裝購物，如無包裝商店、裸賣市集
   (B) 選擇環保標章或碳足跡標籤的商品

A選項得1分，B選項得3分，請依據你的選擇加總獲得的分數吧！

分數區間	3～5分	6～9分	10～12分
綠色消費類型	保守居家型消費者	無畏追求的消費者	理念派行動消費者

參考解答：

A. 保守居家型消費者

　　屬於這個類型的你，覺得家對你來說是最重要的。你非常注重個人的私領域，不喜歡成為眾人的焦點。這類型的消費者懂得消費，對花錢的方式很謹慎，不太會積極地尋求知名品牌和優質產品。

B. 無畏追求的消費者

　　屬於這個類型的你，表示對周圍環境非常關心。你們願意熱情擁抱新事物，享受生活，非常重視別人對他們的看法。比起存錢，你們更喜歡花錢，會經常進行衝動性購買，但偶爾也會尋找低價或CP值高的商品。

C. 理念派行動消費者

　　屬於這個類型的你，相信自己有影響改變的能力。你們重視全球性問題，認為可以透過實際行動為世界帶來改變，例如會注意產品質量和耐用度，藉此減少碳足跡，並願意支付更多的費用來購買符合環保標章的商品。

作文素養就是這樣養成的

寫作練習

氣候變遷帶來的各種災害已經近在眼前，我們能做的就是在日常生活能夠減少碳足跡，為地球降溫。請以「迎接低碳生活」為題，寫下你的看法。（文長約500字）

【寫作提示】

第一段
1. 為低碳生活下定義。
2. 說明迎接低碳生活的必要性。

第二段
1. 說明為何要進行減碳的原因。
2. 寫出你親身感受過氣候變遷所帶來的不便或是擔憂。

第三段
1. 列舉如何達到減碳的生活方式，可從食衣住行各方面論述。
2. 進一步寫出你在日常生活中減碳的實際行動或是帶來的好處。

第四段
1. 說明面對氣候變遷，我們應該對減碳抱持的態度。
2. 寫出你對減碳後地球環境的未來期許。

範文：迎接低碳生活

全球暖化、冰川消融、海平面抬升……，正顯示著過多的碳排放所造成的氣候變遷，反應出大自然的反撲。為了減緩氣候變遷所帶來的衝擊，降低家園遭受破壞的潛在風險，

大家應做好迎接低碳生活的準備，過著低能量、低消費、低消耗的生活方式。

二氧化碳是造成全球暖化與氣候變遷的主因，人類大量排放二氧化碳，地表的熱能無法正常排出，使得每年平均溫度逐漸上升，地球如同悶燒鍋一般不斷增溫。隨著洪澇、乾旱、山火、颱風、熱浪出現的頻率增加，受影響的地區越來越廣泛，同時也影響到你我的生活，如乾旱與水災發生的頻率增加，導致民生用水供應不穩定。

低碳生活，即是節能減碳，節約能源的使用，並減少二氧化碳排放量。節能減碳並不難，人人都可從一般日常當中著手。飲食方面，可培養少肉多蔬的飲食習慣，謹慎選擇每一餐，就能為環境多付出一點；另外，別忘了自備環保餐具，避免使用一次性餐具，降低垃圾量。物品方面，每一件衣服、物品在生產、運送的過程中都累積了或多或少的碳足跡，故我們應正確使用，在安全範圍內延長它們的使用壽命，尋找重複利用的可能。居住方面，少吹冷氣，隨手關電源，使用節能家電，以淋浴代替泡澡，使用省水馬桶或水龍頭。交通方面，可改變每天的通勤方式，搭乘大眾運輸或共乘，可減少二氧化碳排放、空氣污染，還可提高運動量！

面對節能減碳，我們應該抱持這樣的態度：每個人不用做到100分，但要大多數的人願意去做，即使只有60分也可以，如此一來，就能為地球帶來巨大影響。節能減碳不僅僅是生活習慣，更是一種生活態度的展現。只要能從日常當中做到不浪費，就可以建立低碳綠色的生活，讓地球變得更美好。

作文練習

主題四／低碳時代

換我來寫劇

主題四／換我來寫劇

課綱指標

國-E-A1 ➡ 認識國語文的重要性,培養國語文的興趣,能運用國語文認識自我、表現自我,奠定終身學習的基礎。

國-E-B1 ➡ 理解與運用國語文在日常生活中學習體察他人的感受,並給予適當的回應,以達成溝通及互動的目標。

國-E-B3 ➡ 運用多重感官感受文藝之美,體驗生活中的美感事物,並發展藝文創作與欣賞的基本素養。

戲劇充斥在我們的生活中，無所不在，舉凡如日中天的日韓連續劇、本土的鄉土劇，抑或傳統的京劇、歌仔戲、音樂劇……等，皆為我們的生活增添耀眼奪目的色彩。

你有沒有看過電視劇呢？最喜歡的是哪一部？請試著介紹看看並說明喜歡的原因。

參考解答：
我最喜愛的<u>臺灣連續劇是《火神的眼淚》</u>，劇中細膩地描述消防員的工作與救難現場中遇到的種種困境。不僅讓我更了解各行各業背後的艱辛，劇中角色堅守工作的信念也令人動容。

　　戲劇存在已久，有著五花八門的藝術形式與內容。最古老的戲劇可追溯至<u>古希臘</u>，古希臘悲劇又被稱為「西方戲劇的曙光」。在當時的祭典上，人民會舉辦戲劇比賽，以莊重嚴謹的詩劇祭拜酒神。<u>莎士比亞</u>則是西方文學史上最為傑出的劇作家，他的四大悲劇：《哈姆雷特》、《奧瑟羅》、《李爾王》、《麥克白》，更是流傳已久的劇作經典，<u>莎士比亞</u>擅於刻畫人物並探討人性的弱點，以猶疑、忌妒、貪婪、野心等主題，透過豐富的情節與結構嚴謹的故事呈現，並運用生動的文字扣動讀者心弦。

除四大悲劇外，莎士比亞還有一膾炙人口的悲劇作品《羅密歐與茱麗葉》：羅密歐與茱麗葉的家族是世仇，但兩人卻在一場化妝舞會中無法自拔地墜入愛河，不久後羅密歐為朋友復仇刺死茱麗葉家族的青年，因此被驅逐出城，而茱麗葉則被家中長輩許配給貴族青年。茱麗葉向神父求助，神父教她服下假死後甦醒的藥，羅密歐卻誤以為愛人已死而服毒自殺。當茱麗葉醒來，也以匕首自殺殉情。

若是讓你改寫的話，你會如何改編《羅密歐與茱麗葉》的結局呢？

　　從前，唱詞、唱腔、音樂是傳統戲劇的重要元素，隨著時代演進，戲劇規模擴大並且更加精緻，結合文學、音樂、妝容、服裝、道具、燈光、空間……等元素，以視覺及聽覺方式在舞臺上呈現給觀眾。而無論戲劇如何變化，劇本始終佔有舉足輕重的地位。現今臺灣

一般劇本主要分三個部分：場景說明、對白和畫面描述。場景說明為標示場景的時間地點，猶如電影的轉場一般。對白便是角色臺詞，現雖多以白話寫成，但感人肺腑的白話臺詞仍須具備高超的表達和修辭技巧。畫面描述則是演員走位動作的表演指導，為加強情緒渲染，適當的表情、肢體表演亦不可或缺。

隨著網際網路的日新月異，自媒體逐漸興盛，無論是微電影、Youtube影片抑或短影音，皆能透過個人發揮創意表達多元想法。如何打造一部引人入勝的影片呢？我們不一定需要貌比潘安、沉魚落雁的演員，也未必需要富麗堂皇的布景，但獨樹一幟的劇本構思卻不可少。如何透過詼諧對話刻畫立體的人物性格？如何透過情節鋪陳敘述一個精彩絕倫的故事？唯有成功的劇本方能使影音作品大放異彩，令人回味無窮！

情緒描摹練習：在劇本創作中，為幫助演員更深入地理解劇情，經常會加入表情與肢體語言的說明，現在來練習看看如何表達不同的情緒吧！

情緒	人物表現
範例：震驚	猛然站起、瞪大雙眼、呆愣不動、張口結舌、表情凝固
發現學生作弊的憤怒教師	
因告白被拒絕的悲傷阿神	

情緒	人物表現
比賽奪冠的得意小旭	
收到孩子精心製作卡片的感動父母	
外套被鳥糞滴到而感到噁心的老王	

參考解答：

情緒	人物表現
範例：震驚	猛然站起、瞪大雙眼、呆愣不動、張口結舌、表情凝固
發現學生作弊的憤怒教師	咬牙切齒 面目猙獰 大聲喝斥
因告白被拒絕的悲傷阿神	食不下嚥 失魂落魄 呆愣佇立
比賽奪冠的得意小旭	滿面春風 歡欣雀躍 高舉雙手

主題四／換我來寫劇

情緒	人物表現
收到孩子精心製作卡片的感動父母	又驚又喜 掩面而泣 神情欣慰
外套被鳥糞滴到而感到噁心的老王	滿臉嫌惡 迅速脫下外套 氣急敗壞

白蛇傳故事改編

　　<u>白素貞</u>與<u>小青</u>是修練千年的蛇妖，因擁有幻化人形的能力，而一同結伴到人間。途中遇到多年前的救命恩人<u>許仙</u>，<u>白素貞</u>決定報恩，最後與<u>許仙</u>相識相戀並結為夫妻。這天端午節，三人一同來到市場準備過節……

場景說明	對白與畫面描述	備註
時間：白天 地點：市場 角色：<u>許仙</u>、<u>白素貞</u>、<u>小青</u>、<u>商人甲</u>、商	商人甲：年年「紅」火！事事「中」意[1]！端午節特惠！令你齒頰留香[2]的紅棗肉粽只需三百元！（聲音宏亮、手指比三） 商人乙：今日老闆到外地遊覽，「良善」佛心虧本賣！（拿扇子搧）	道具： 1. 攤販用桌椅 2. 寫著紅棗的粽子 3. 寫著良善的扇子[1] 4. 寫著雄黃的噴瓶 5. 寫著520的紙鈔

---

[1] 年年「紅」火、事事「中」意、「良善」扇子：使用雙關修辭。
[2] 齒頰留香：形容食物味道鮮美，令人回味無窮。

場景說明	對白與畫面描述	備註
人乙、商人丙	商人丙：我們的雄黃液不含防腐劑，絕對貨真價實[3]、童叟無欺[4]！讓您去除病菌不需再費九牛二虎之力[5]！（拿噴瓶向許仙一行人噴灑）	
	小青：（瞪大眼睛跳開，手指商人丙）你的禮貌被蚊蟲吞咬了嗎？藥物豈能如此隨意對人噴灑？	
	商人丙：這位佳人，十分抱歉，您的皓齒蛾眉[6]使我方寸大亂[7]。（雙手捧心）	
	為獻上我的歉意，這瓶雄黃液一折賣給您，只需五百二十元！（雙手捧噴瓶）	
	小青：你……你……你簡直是掉進錢坑的登徒子[8]！（聲音上揚）	
	許仙：娘子，近來家中蚊蟲甚是喧囂，雄黃不僅驅邪，還能防蚊，簡直一石二鳥[9]！我們趕緊添購，以免向	

主題四／換我來寫劇

[3] 貨真價實：貨品真確而價格實在。
[4] 童叟無欺：比喻商店買賣誠實有信用。
[5] 九牛二虎之力：比喻極大的力量，十分費事。
[6] 皓齒蛾眉：細長眉毛和潔白牙齒。形容女子容貌明豔美麗。
[7] 方寸大亂：形容思緒混亂。
[8] 登徒子：稱貪戀女色的人。
[9] 一石二鳥：比喻做一件事獲得兩種效果。

場景說明	對白與畫面描述	備註
	隅[10]！（語速急促）	
	小青：姐！夫！你簡直是貪小便宜的鐵公雞！（拂袖離去）	
	白素貞：小青！小青！（轉向小青離去方向大喊）	
	（許仙與商人丙交易雄黃液）	

故事中的弦外之音：小青為何對商人丙的行為如此憤怒？

參考解答：
商人丙向小青噴灑蛇最害怕的雄黃液，遭小青指責後，不僅未誠心道歉，更以巧言令色粉飾自身過錯，並試圖繼續牟利。

延伸思考：
此情節為諷刺傷害他人後仍顧左右而言他，不願誠心認錯，且自始至終皆以自身利益為重的人。

---

10 向隅：比喻錯過良機而失望。

場景說明	對白與畫面描述	備註
時間：晚間 地點：飯廳 角色： 許仙、白素貞	許仙：娘子，今日上街真是滿載而歸！（微笑）	道具： 1. 飯桌 2. 貼著蝙蝠的盤子 3. 寫著雄黃的噴瓶 4. 蚊子音效
	白素貞：小青怎麼還沒回來？（皺眉）晚餐可是準備了她最愛的三杯蝙蝠！	
	許仙：小青口味真是別具一格[11]，可別吃壞肚子了。不過真病了也無礙，我們今天可是買了特效雄黃液！	
	白素貞：雄黃的味道使我難受，還是少用為妙吧！（擺手示意不喜）	
	許仙：娘子，雄黃是自古以來的聖品，多使用定對妳有益無害！	
	白素貞：夫君待我如此深情，願得一心人，白首不相離。	
	許仙：願執子之手，與子偕老。 （牽起白素貞的手，此時蚊子音效響起）娘子，若妳的冰肌玉骨[13]被蚊蟲破壞可就令人惋惜了！讓我來守護妳吧。（向白娘子手臂噴雄黃液）	
	（白素貞瞪大眼看著許仙，而後暈倒化為白蛇）	

[11] 別具一格：另有一種獨特的風格。
[12] 卻步：因畏懼或憎厭而退縮不前。
[13] 冰肌玉骨：形容美人的體膚潔白晶瑩。

場景說明	對白與畫面描述	備註
	許仙：沒想到妳竟是妖怪！幸好我買了這瓶雄黃液！五百二十元真是物超所值！（高舉噴瓶大笑）	

故事中的弦外之音：由故事結局可知兩人個性如何？
白素貞：
許仙：

參考解答：
白素貞：受花言巧語蒙蔽，明知對己身有害無益，卻仍沉淪於愛情的盲目之中
許仙：剛愎自用[14]、缺乏同理心，傷害他人後仍沾沾自喜，毫無悔意

延伸思考：
在故事中，許仙示愛與發現白素貞真身為蛇後的反應截然不同，對比手法的使用可讓諷諭意味更加濃厚。而最後許仙認為雄黃液物超所值的橋段，呼應前文小青所責備的「鐵公雞」。

換我做做看：圖像練習

　　很久以前，一位皇后生下皮膚純白如雪的女孩，被命名為白雪公主，但皇后生下公主不久後就過世，國王另娶一個美麗卻邪惡的女人。新皇后有一面魔鏡，魔鏡告訴她：「白雪公主是世上最美的人。」新皇后十分忌妒公主的美貌，於是命令獵人殺掉公主。當獵人帶著公主到森林中，卻發現自己無法下手，最後獵人放走公主，拿了

---

[14] 剛愎自用：固執己見，不接受他人意見。

豬心向皇后交差。在森林中，白雪公主發現一間小農舍，這個農舍屬於七個善良的小矮人，且他們收留了可憐的公主。某日，皇后從魔鏡得知公主還活著，於是皇后製作毒蘋果誘騙公主吃下，公主因此昏死，當七矮人發現她後，哀慟地將她放在玻璃棺材中……。

　　接下來，請你運用想像力以四格漫畫來呈現這段故事與結局，情節可自由更改，以劇情流暢為主。

1.情節概要：皇后製作毒蘋果的原因與方法	2.情節概要：皇后哄騙公主吃下毒蘋果
圖像：	圖像：
3.情節概要：拯救公主過程	4.情節概要：公主清醒
圖像：	圖像：

換我寫劇本

請試著根據上表，改編《白雪公主》故事為劇本

場景說明	對白與畫面描述	備註
第一幕： 皇后製作毒蘋果 時間： 地點：寢室 角色：皇后、魔鏡		道具： 1. 毒蘋果
第二幕： 公主吃下毒蘋果 時間： 地點： 角色：皇后、公主		道具： 1. 毒蘋果
第三幕： 拯救公主 時間： 地點： 角色：公主、矮人		

場景說明	對白與畫面描述	備註
第四幕： 大結局 時間： 地點： 角色：公主、矮人		

課後學習：元曲四大家代表作品

　　元劇曲是將短篇故事搬演上舞臺的曲文，主要由一個角色獨唱，其他配角則只說不唱，亦可說是一種獨角戲。內容以反映當時人民疾苦為主，現實與浪漫主義結合。是我國文學中最早的一種戲曲，至今仍煥發出輝煌的光彩，以下介紹最為著名的四部作品：

名稱	作者	內容
《竇娥冤》	關漢卿	竇娥因家庭貧窮被賣給蔡家做童養媳，但不到兩年她的丈夫便去世，竇娥只能成為寡婦與婆婆相依為命。有天出現一對流氓張驢兒父子脅迫竇娥婆媳，並陷害竇娥為殺人凶手，因知府私下接受張驢兒的賄賂，便判竇娥斬首示眾。臨刑前，竇娥許下三樁誓願：「血濺白練」、「六月飛雪」、「大旱三年」。最後竇娥冤屈感動上天，誓願一一實現，眾人才知竇娥無辜。

名稱	作者	內容
《梧桐雨》	白樸	取材自白居易《長恨歌》和陳鴻《長恨歌傳》。 唐玄宗寵幸楊貴妃後，將政事交給楊國忠處理，但楊國忠不學無術，整天好逸惡勞，導致國家民不聊生。後安祿山因此叛亂，唐玄宗則帶著楊貴妃倉皇出逃至馬嵬驛，途中軍士不滿譁變，逼唐玄宗賜楊貴妃上吊自縊。亂後，唐玄宗夢見與楊貴妃團聚，卻被夜雨驚醒，因而抑鬱不已。
《漢宮秋》	馬致遠	王昭君為了國家不惜犧牲自己，出塞和親匈奴。劇作中除讚揚王昭君外，亦抨擊當時文臣武將的無能。
《倩女離魂》	鄭光祖	倩女受家人的阻撓無法與只是秀才的王生成親，因此偷偷跟隨王生上京趕考，當王生終於取得功名帶著倩女回家求親時，才發現倩女真正的軀體仍在家中，而跟著他上京趕考的竟是倩女因思念所分離出的靈魂。

小試身手
四位同學參加「雜劇博覽會」，請你根據上表說明，協助他們找出作品的正確名稱！

作文素養就是這樣養成的

郝力亥:「妃子，朕與卿盡今生偕老；百年以後，世世永為夫婦。神明鑒護者！」

甄美勵:「大人，如今是三伏天道，若竇娥委實冤枉，身死之後，天降三尺瑞雪，遮掩了竇娥屍首。」
「這等三伏天道，你便有沖天的怨氣，也召不得一片雪來，可胡說！」

瞭步綺:「自從見了王生，神魂馳蕩，誰想俺母親悔了這親事，著我拜他做哥哥，不知主何意思？當此秋景，是好傷感人也呵！」

晉市榜:「妾身王昭君。自從選入宮中，被毛延壽將美人圖點破，送入冷宮。再能得蒙意幸，又被他獻與番王形象。」

224

參考解答：

1. 《梧桐雨》
2. 《竇娥冤》
3. 《倩女離魂》
4. 《漢宮秋》

情緒成語小教室

代號	成語	意義
甲	忐忑不安	因擔心而情緒起伏不定。
乙	義憤填膺	出於正義的憤怒。
丙	瞠目結舌	睜大眼睛說不出話來。形容吃驚的樣子。
丁	垂頭喪氣	低垂著頭，意氣消沉。形容失意沮喪的樣子。
戊	揚眉吐氣	形容擺脫長期壓抑後的暢快神情。
己	喜出望外	因意想不到的事感到欣喜。
庚	肝腸寸斷	比喻悲傷到了極點。

練習題

請將適當代號填入下列文句缺空處

（　　）1. 聽見家人出意外的消息，她＿＿＿＿＿、悲痛欲絕。

（　　）2. 人生難免遭遇挫折，與其＿＿＿＿＿，不如振作精神，重新出發。

（　　）3. 甄島眉＿＿＿＿＿地走進考場，默默祈禱能取得好成績。

（　　）4. 這場魔術的表演十分驚險，看得觀眾＿＿＿＿＿。

（　　）5. 謝淑薇努力多年，在澳洲網球公開賽中取得雙冠，＿＿＿＿＿了一回！

（　　）6.侵略者殘忍的暴行，令全球人民　　　　　　。
（　　）7.當她看見孩子已脫離險境，忍不住　　　　　　地和丈夫相擁而泣。

參考解答：
1.庚　2.丁　3.甲　4.丙　5.戊　6.乙　7.己

備註
1.注釋參考來源：教育部《重編國語辭典修訂本》

國家圖書館出版品預行編目(CIP)資料

作文素養就是這樣養成的──從寫不出一句的困難戶到信手拈來的作文高手／聚瀚國文團隊著. -- 初版. -- 臺北市：五南圖書出版股份有限公司, 2025.03
面；　公分
ISBN 978-626-393-518-1(平裝)

1.寫作法

811.1　　　　　　　　　113009641

ZX1T

作文素養就是這樣養成的
從寫不出一句的困難戶到信手拈來的作文高手

作　　者 ─ 聚瀚國文團隊

編輯主編 ─ 黃惠娟

責任編輯 ─ 魯曉玟

封面設計 ─ 韓衣非

出 版 者 ─ 五南圖書出版股份有限公司

發 行 人 ─ 楊榮川

總 經 理 ─ 楊士清

總 編 輯 ─ 楊秀麗

地　　　址：106臺北市大安區和平東路二段339號4樓

電　　　話：(02)2705-5066　　傳　　真：(02)2706-6100

網　　　址：https://www.wunan.com.tw

電子郵件：wunan@wunan.com.tw

劃撥帳號：01068953

戶　　名：五南圖書出版股份有限公司

法律顧問　林勝安律師

出版日期　２０２５年３月初版一刷

定　　價　新臺幣３８０元

※版權所有・欲利用本書內容，必須徵求本公司同意※

五南
WU-NAN

全新官方臉書
五南讀書趣

WUNAN Books since 1966

Facebook 按讚
👍 1秒變文青

五南讀書趣 Wunan Books

★ 專業實用有趣
★ 搶先書籍開箱
★ 獨家優惠好康

不定期舉辦抽獎
贈書活動喔！！！

經典永恆・名著常在

五十週年的獻禮——經典名著文庫

　　五南,五十年了,半個世紀,人生旅程的一大半,走過來了。
　　思索著,邁向百年的未來歷程,能為知識界、文化學術界作些什麼?
　　在速食文化的生態下,有什麼值得讓人雋永品味的?

歷代經典・當今名著,經過時間的洗禮,千錘百鍊,流傳至今,光芒耀人;
不僅使我們能領悟前人的智慧,同時也增深加廣我們思考的深度與視野。
我們決心投入巨資,有計畫的系統梳選,成立「經典名著文庫」,
　　希望收入古今中外思想性的、充滿睿智與獨見的經典、名著。
　　　　這是一項理想性的、永續性的巨大出版工程。
不在意讀者的眾寡,只考慮它的學術價值,力求完整展現先哲思想的軌跡;
　　為知識界開啟一片智慧之窗,營造一座百花綻放的世界文明公園,
　　　　　　任君遨遊、取菁吸蜜、嘉惠學子!